魔豆

# 我，精靈王缺錢！

Elf, foods and save the world!

11

醉琉璃——著

# 我，精靈王，缺錢！

11

目錄

# 楔子

深夜時分，濃暗的夜色如紗幔覆蓋在馥曼上方，眼下正是萬籟俱寂的時候。這座連空氣都泛著一絲甜味、以甜食聞名的城市，理所當然地陷入了夢鄉。

然而城主府此刻卻是燈火通明。

同時有兩抹人影正匆匆往城主府前進。

他們速度極快，兩旁街景隨著疾行好似一併飛快倒退。在全程維持高速的狀態下，他們很快趕至了目的地。

——馥曼城主府。

城主府的人顯然早就受到吩咐，一瞧見來人，馬上恭敬地將他們迎入屋內。

接到通知前來的兩名客人，一人是有著砂金色髮絲的年輕男子，他膚色蒼白，一臉病容，身披一件暗色大衣，不時摀嘴斷續咳嗽；另一人則是墨綠髮色的女性，眉眼濃艷，綁著繁複的髮辮，一雙尖長耳朵說明了非人類的身分。

「卡薩布蘭加小姐、桑回先生，感謝你們前來，我們的衛兵在外發現了一位受傷的冒險獵人。」負責接待兩人的是城主府的大管家，他腳步不停，低聲地和兩位公會負責人說起目前狀況，「他在半昏迷的情形下一直喊著要趕緊找到公會負責人，還重複著幾個字詞……海棘島、奇美拉，以及……榮光會。城主大人知道海棘島曾出事，擔心事態緊急，才會在這時間點通知你們前來。」

「榮光會？」桑回的步伐頓了一下，沒想到會在這裡再一次聽見這個組織的名字。他往卡薩布蘭加看了一眼，後者也正好望過來。

卡薩布蘭加素來洋溢著熱情的臉上如今被凝重與嚴肅覆蓋，就連笑意都從眉眼、嘴角褪下。

榮光會。

它是盤踞在瓦倫蒂亞黑市的地下勢力，暗地裡進行人造魔物奇美拉的實驗。在教團、冒險公會和加雅城主的聯手圍剿下，原本已銷聲匿跡，可似乎又與近期的多項騷動脫不了關係。

「以爲它們已經蹦跳不起來了，沒想到居然還能再來個大翻身。他們到底是攀上了哪方勢力或是大人物，竟然可以一再地製造麻煩跟動亂。還有那個令人厭惡、根本不該存在於世上的計畫……他們腦袋是被驢踢了嗎？還是天生就有洞，連個正常的腦子都沒有攜帶在身上？」

先前為了趕路，卡薩布蘭加忍著沒說話，現在逮到合適空檔，她嘴裡瞬間湧冒出幾乎不停歇的成串字句。

管家領路的速度不由得加快幾分，他可是聽說過馥曼這位負責人話多到可以令人頭痛欲裂的地步。

他只是一個小小管家，這份榮幸還是留給他們的城主大人吧。

抱持著不可言說的心思，管家邁大步子，以不符他年紀的敏捷，健步如飛地走上二樓，領著兩位負責人來到客房。

管家敲敲門，等到房內傳來回應，他推開門板、側過身，讓桑回與卡薩布蘭加進入房內。

房裡不只一人。

除了躺在床上的那名負傷冒險獵人外，馥曼城主霍夫曼和他的家庭醫生也在場，一旁還站著兩位女僕待命。

猛一看見進來的兩位負責人，霍夫曼那張像是白饅頭的臉扭曲了一瞬。

這位城主最有名的就是審美異於常人，覺得只有像自己這樣的類型才叫好看，其他人都長得太醜，醜到傷他的眼睛。

因此凡是在城主府工作的人，都必須戴上面具，以免醜到他們的主人。

但現在是非常時期，霍夫曼只好告訴自己忍耐一下，可終究還是忍不住咂舌，嘀咕聲逸入空氣中。

「果然還是長得醜啊，公會的……」

「嘖嘖，幸好鬱金沒來。」卡薩布蘭加對霍夫曼溢於言表的嫌棄不以為意，轉頭和桑回低聲說著悄悄話，「要是那個小可憐過來，聽到城主說他醜，肯定會氣得跳起來，頭髮也跟著豎起。啊啊，沒錯，就像被踩到尾巴的小貓咪一樣，想一想，這樣也很可愛耶。我是不是該讓他過來比較好？糟了，越說越想看，我果然還是應該帶他……」

「咳咳，咳咳咳咳咳！」桑回用咳嗽強行打斷對方的喋喋不休，再次由衷地感謝自己分部的另外兩位同事都不是話多之人。

比起卡薩布蘭加，烏蕨和春麥眞是太好了。

一聽桑回又咳起來，卡薩布蘭加熟練地從懷中掏出白帕遞出去，以防他再度咳血。

桑回也沒拒絕，收下手帕。接著，他看向床上掙扎著坐起身子的男人，一眼就認出對方身分。

隸屬他們華格那分部的約翰冒險團團長，萊恩·約翰——在數個月前於海棘島事件中失蹤。

不單是他，當時失蹤的冒險獵人高達數十人。

沒人知道他們究竟是如何消失，簡直像是人間蒸發一般。

桑回會特地從華格那過來馥曼，也是爲了海棘島的失蹤事件。

「桑、桑回先生……」萊恩虛弱地撐起身，沒想到會在馥曼看見桑回，他的眼裡難掩驚訝。

「怎麼回事？咳咳……你的身體還好嗎？」桑回上前，一旁的家庭醫生立刻向他說明傷患目前的狀況。

內外傷都有，肋骨也斷了三根，似乎遭受過嚴刑拷打。雖然已經做了妥善處置，但仍必須好好休養一陣才行，短時間內不宜劇烈活動。

等家庭醫生說完，霍夫曼也簡略地提起他們發現萊恩的經過。

是城主府的衛兵在外巡邏時注意到路上倒了一名男人，走近才發現對方渾身是血。男人一見有人靠近，像是爆發出僅剩的力量，死死扣住衛兵的腳踝，嘴裡喃唸著要通知冒險公會。

衛兵直覺事情有異，連忙通報城主，並將男人帶回府裡。

一問之下，才知道對方是冒險獵人，還是海棘島事件中下落不明的人之一，這才趕緊通知馥曼公會的負責人過來。

「這裡就留給你們了。」霍夫曼起身，帶著醫生和女僕離開房間。房門掩上，將桑回他們與萊恩的對談都隔離在裡面。

桑回和卡薩布蘭加沒有在馥曼城主府待太久。

一來他們要盡快和其他負責人聯繫；二來是萊恩畢竟帶著傷，很快便體力不支，儘可能地說出自己所知的情報後，直接疲累地陷入了昏睡。

向霍夫曼告別後，兩名負責人以最快速度返回了馥曼分部。

素有「南之黑塔」別稱的高聳建築物內依舊亮著燈，裹著紅斗篷的金髮少年在大廳裡用白蠟燭擺出一個法陣，中央架起大釜。

在魔力的運作下，陣裡燃起詭異的紫色焰火，大釜裡的青紫色液體咕嚕咕嚕冒泡，黑色的煙氣一縷縷飄上空中，勾勒出難辨的圖案。

桑回與卡薩布蘭加一踏入馥曼分部，見到的就是鬱金吸入太多飽含辛辣味的黑煙，滿臉通紅，又拚命咳嗽的狼狽模樣。

「咳咳咳咳……嗚嗚嗚嗚……好辣……噫！怎麼會那麼辣！」鬱金摘下眼鏡，慌亂地找水。

「哎呀，小鬱金，你又怎麼了？把自己搞得這麼可憐，這也怪不得我要叫你小可憐了。」卡薩布蘭加舉高木頭法杖，喃唸了幾句咒語。從她的影子裡平空鑽冒出多條墨綠藤蔓，它們轉眼竄到法陣裡，破壞了魔力的運行。

紫色火焰瞬時消失，大釜裡沸騰的液體也恢復平靜。

桑回走到窗邊，推開窗戶讓新鮮的空氣順利流入，否則連他也想跟著大咳一場了。

「咳……」灌下水後，鬱金刺痛的嗓子總算好了些。他抹去嘴角的水漬，抬眼望著兩名同事，「那個饅頭城主說了什麼？我占卜出來了，他一定是沒說好話。還有不准叫我小鬱金，是鬱金、鬱金、鬱金！」

「計較太多的男人是會被女人討厭的喔，小鬱金。」卡薩布蘭加又揮動了下法杖，那些纏繞在天花板、柱子的藤蔓像活過來似地蠕動。

它們發出沙沙沙的聲響，往旁側退開，讓隱匿在其中的幾株小植物可以探出頭。淡綠色的綠植上垂吊著多顆拇指大的剔透果實，在燈光照耀下，看起來就像閃閃發亮的飽滿露珠。

隨著卡薩布蘭加揮舞法杖，那些剔透如水珠的果實「啪啪啪」地破裂。緊接而來的是一陣陣涼爽的氣流拂過室內，加速吹散了盤踞在大廳裡的異味，也一口氣吹熄了白蠟燭的火焰。

「妳說眞的？眞的會被討厭？」鬱金的目光若有似無地瞥向卡薩布蘭加。

「當然是眞的，不過換成你的話其實無所謂啦，我怎麼可能討厭你呢？我的小可憐。」卡薩布蘭加摸了下鬱金的下巴，「好啦，快點把這些東西清走，我們要來施展緊急通訊魔法了。」

鬱金被卡薩布蘭加摸得紅了臉，就連耳尖也被鮮艷的紅色佔據。他的不滿一下就被拂平。沒漏聽對方提及的「緊急」二字，他快速挪走地上的大釜，清出適當的空間。

「那個愛管事的饅頭城主派人說撿到了一個冒險獵人，所以那人發生了什麼事？」鬱金沒忘記卡薩布蘭加他們出門的目的，「嚴重到必須現在聯絡其他人？」

「那人是約翰冒險團的萊恩．約翰。」桑回沉聲說道。

鬱金在腦中搜尋，頃刻找出對應的身分，年少明艷的面孔瞬間染上吃驚，一雙貓兒眼更是忍不住瞠大。

「海棘島事件中失蹤的……他怎會出現在這？只有他一人嗎？其他冒險獵人呢？」

「我很樂意把同樣的事情重複兩遍，不過這時候我們還是節省一點時間吧。」卡薩布蘭加法杖拄地，「雖然老二、老三不在，不過我們三個也夠了，我負責加雅。」

「咳，華格那交給我。」

「知道了，塔爾由我來。」

三名公會負責人動作迅速地進行緊急通訊魔法，爭取在最短時間內直接聯繫上其他分部的同事。

與一般通訊魔法不同，緊急版的還附加響鈴效果，即使聯絡人正好在熟睡也會被即刻驚醒。

在咒語的催動下，水銀色的漣漪在三人面前自虛空湧現，一下拓展了領域，往四周蔓延開來，猶如三面偌大的鏡子。

光滑的鏡面下一剎那染上其他色彩，分別映照出加雅、塔爾、華格那分部的大廳。

用不了多久，三面鏡子裡接二連三地出現人影。

除了流蘇精神奕奕，手指上還沾染著藥劑的顏色，顯然不久前仍在藥房裡處理他的藥草，其他負責人一看都是剛從睡夢中醒來，模樣顯得有幾分狼狽。

「妳最好有要緊的事，卡薩……」灰罌粟緩慢但陰冷的語氣倏地停頓，她擰起細眉，發覺不只他們塔爾分部接到臨時聯絡。

華格那分部和加雅分部的人也在場。

「發生什麼事了？」灰罌粟直截了當地問。

「是大事吧，不然卡薩布蘭加才不敢吵醒灰罌粟呢。」小個子的春麥被烏蕨抱坐在臂彎裡。她打了個大大的呵欠，疑惑的視線在馥曼分部大廳的三人身上轉來轉去。

「海棘島的後續有重要突破了嗎？」烏蕨瞧見桑回也在，當下反應過來。桑回會去馥曼，原本就是爲了海棘島事件失蹤的冒險獵人們。

「讓鬱金說。」流蘇果斷點名。

要是讓卡薩布蘭加開口，只會換來一發不可收拾的局面。那名木妖精，眞的太愛說話了。

讓負責人們感到遺憾的是，鬱金搖頭了。

「我也不清楚，只有卡薩布蘭加和桑回知道。」

「那就桑回來說。」

「沒錯，我們拒絕卡薩布蘭加。」

「什麼什麼？怎麼能拒絕我呢？春麥妳這裝嫩的小不點，妳對我有什麼意見？眞過分，簡直傷透了我的心。還有你們要桑回說明，是不是欺負人家身體不好呀？難道你們想聽桑回一路咳咳咳，爲了你們咳到吐血嗎？太沒有同事愛了，我鄙視你們。」卡薩布蘭加搶在桑回張嘴之前開口，字字句句宛如子彈，精準地朝負責人們發射過去。

桑回只能對其他人擺擺手，表示自己絕對爭不過卡薩布蘭加的，還是別冀望他了。

「省去妳的廢話。」灰罌粟眉頭蹙得更緊，「把重點趕緊說出來。大半夜的妳把我們所有人吵醒，不是爲了來看妳浪費時間的吧，卡薩布蘭加。」

或許是灰罌粟的眼神太冷酷，饒是卡薩布蘭加也不禁縮縮肩頭，趕忙說起他們在馥曼城主府見到萊恩·約翰的事。

只是卡薩布蘭加還是改不了她的壞習慣，在滔滔不絕的說明中，總會不小心混入無關緊要的事。

這讓諸位負責人只能頭痛地過濾掉那些無意義的話語，從中汲取出重要的情報。

根據萊恩所說，數月前在海棘島他遭到僞裝成他弟弟的千面偷襲，再醒來時已被運離島上。

——千面是惡名昭彰的殺手，擅長僞裝成他人模樣，是桑回一直在追緝的對象。不過日前這個殺手已命喪於華格那另一名負責人烏蕨和其他冒險獵人之手。

不只約翰冒險團，其他冒險團也被帶走。

他們先被帶到瓦倫蒂亞黑市——榮光會的根據地，之後又經過多次轉移，最終被送到了一座小村落。

眾人不是沒想過逃離，然而榮光會不知用了什麼手段，讓他們一路上昏昏沉沉的，對外界感知模糊。

他們無力反抗，好比是砧板上的魚肉任人宰割。

榮光會把冒險獵人分開囚禁，途中似乎有人被轉送到他處。

萊恩發覺身邊的人漸漸減少，但難以知曉其他人身上發生了什麼事，只能藉由監視他們的人偶爾洩露出的隻字片語來猜測榮光會的意圖。

拼湊出的答案卻令身經百戰的冒險獵人渾身發寒，像是一口氣被抽光血液。

養分、肥料、奇美拉計畫。

這幾個字眼組合在一起，令聽聞者忍不住毛骨悚然。

不管榮光會想對他們這些人做什麼，都絕對不會是好事。

或許是到了目的地後看守的人放鬆了幾分戒備，這讓萊恩和他的團員找到機會脫逃，卻在過程中被人發現。

約翰冒險團的人拚盡了全力，甚至犧牲部分成員，這才讓萊恩負傷逃出生天，只冀求他能順利找到冒險公會的人尋求援助。

據萊恩所言，村子位在馥曼西南部，村內已廢棄無人煙，如今被榮光會佔據。

萊恩在那聞到了海腥味，推測離海邊不會太遠。

村內除了榮光會的人之外，有時還能聽見恐怖的野獸嚎叫聲，就不知道是野獸或是魔物，或者是榮光會口中提及的……

奇美拉。

「養分」、「肥料」……

在場的負責人聽見這兩個字彙，眉頭不禁深深皺起。

他們都想起了慈善院那時的事。

在榮光會的技術協助下，慈善院將孤兒與流浪漢運送到空中浮島，島上進行著世所不容的奇美拉實驗。

他們將多種魔物合成改造，而那些被送上島的人們則成了奇美拉的養分。

現在榮光會的行為看起來就跟當初的慈善院一樣。

差異大概是他們使用的肥料更高級，清一色都是健壯的冒險獵人。

「也許更糟。」烏蕨神色陰沉，蒼白的面孔搭上黑眼圈，讓他看起來更嚇人，「想想千面，想想沃克夏．雷頓那傢伙，還有……那些在格里尼弦月區失蹤的人。」

眾人沉默一瞬。

原本以爲殺了千面和他率領的奇美拉，弦月區的人民就能脫離危險。不料僅僅一夜，被安置在教堂內的人們就像是平空蒸發般消失，如今教團正忙於追查事實眞相。

「噫，光是回憶就讓人覺得全身不對勁。」卡薩布蘭加嫌惡地咂了下舌，搓了搓雙臂，「他自己也成了奇美拉的實驗體，榮光會的人果然是腦子有毛病吧。能夠想出這種實驗的根本就是瘋子，啊啊，眞神在上……」

「最大的問題是，瘋子是榮光會裡的誰？」灰罌粟慢條斯理地出聲，順便截斷卡薩布蘭加很可能要變長篇大論的抱怨，「榮光會放棄了在瓦倫蒂亞黑市的根據地……」

「而我們的人又在那個地方發現了榮光會掌權者柯薩諾．卡莫拉。」流蘇接著說，「死得不能再死的前任掌權者。他陳屍在他的安全屋裡，最詭異的是，裡頭看不出有任何外力入侵的痕跡。」

「可是……」雪絨細聲地說道，「柯薩諾卻是死於毒針之下。既然他死了，那麼現在的榮光會，又是誰在帶領？」

眾人對望一眼，在彼此眼中確認了下一步的行動方針。

找出榮光會。

還有，探查萊恩口中的村落。

榮光會那邊已經知道萊恩脫逃的事，很可能會設下陷阱等他帶人自投羅網。

如此一來，就必須派人充當先遣部隊前往那座村子調查。

但該由誰去？

不待眾人商量出人選，卡薩布蘭加搶先發話。

「那裡離馥曼最近，就交給我和桑回吧。事關奇美拉計畫，已經不是一般冒險獵人可以處理的任務，保險起見由我和桑回負責到那一探究竟。」

鬱金難得沒有提出反駁。

他自己也清楚，比起經驗豐富的卡薩布蘭加和桑回，自己更適合留守公會。

其餘人對視一眼，認同了卡薩布蘭加的提議。

在無人異議下，事情就這麼決定。

# 第1章

日光灑下，馬車在路上不快不慢地行駛，木輪轉動著發出「喀啦喀啦」的聲音。

即使車輛有做避震處理，但馬車上的人還是覺得屁股一路都要被震成好幾瓣了。

這裡的人，指的自然是穿越到異世界，還重生成爲精靈王的翡翠。

儘管經過了一年多，翡翠還是不太習慣法法依特大陸的交通方式。

在城鎮時還好，道路不是鋪有石板，就是被壓得平整，車輛行進間不太顚簸。

可遠離了聚居處，只有未經鋪整的路面了。

大多遍布碎石，崎嶇不整，對早習慣原世界平順移動方式的翡翠來說，無疑是活受罪。

繁星冒險團如今正處於荒郊野嶺，周圍景色幽涼，放眼望去似乎只有土黃色的大地跟肆意生長的樹木。

那些尖利的枝椏指著天，遠看就像一隻隻乾瘦的手往上方胡亂抓攫著什麼。

景色荒涼對翡翠來說不算什麼，但沿路的不佳路況，顯得他再也忍不住哀哀叫了。

「啊啊，飛機！要是有飛機就好了！我覺得我的屁股要裂成兩瓣了！」在馬車外負責駕駛魔物的綠髮青年哀嚷著，雖說神色有幾分憔悴，但絲毫不影響他昳麗的容顏。

「您大可以閉上眼。」如今以小男孩姿態顯現人前的斯利斐爾接過韁繩，虛虛地搭握在手上。

身爲眞神代理人的他只要稍微釋放出一點威壓，就能讓魔物乖乖聽話，不須鞭策也會自動往前行走。

「然後夢想就能實現？」翡翠精神一振，滿懷期待地看著身邊人。

斯利斐爾冷笑，「夢裡什麼都有，您作夢最快。」

「切！」翡翠提起的精神又像洩了氣的皮球，轉眼外漏得一點也不剩，「還以爲你會說點什麼有用的……算了，對你抱持期待本來就是一種錯誤。」

「是嗎？既然如此……」斯利斐爾看也不看翡翠一眼，「那接下來安排的美食之旅，看樣子您也不用期待了。在下會跟瑪瑙、珍珠、珊瑚說一聲，可以直接取消了。」

「等等！給我等等等等——」翡翠猛地抓住斯利斐爾的手腕，細嫩的手感讓他有絲驚奇，但轉眼就被他拋到腦後。

就算斯利斐爾從球變成像個瓷娃娃的正太又怎樣，依然比不過美食的吸引力，況且他也不像某位學長……

翡翠無意識地皺眉，他的記憶裡有個人異常熱愛小朋友，最好是三歲以下的，還統稱他們為小天使。不過他還想不起對方的臉和名字，只記得確實有這號人物。

算了，等他全部想起來，自然就會知道那是誰了。

翡翠的愣怔只有剎那，很快就從心裡淡去，眼下可是有更重要的事值得關注。

「美食之旅，我聽到了！我絕對沒有聽錯！」翡翠大聲地說，「為什麼我不知道有這個東西？我以為我們這趟……唔，所以我們這趟到底是要幹嘛的？」

不能怪翡翠絲毫不知此行目的。

他是團長沒錯，但有時也會偷懶把事情交給小精靈們或斯利斐爾處理，然後他只要記得帶上自己跟著出門就可以了。

斯利斐爾毫不掩飾對翡翠的嫌棄，大大地嘆了一口氣，「您總是可以刷新在下對您的認知，先不管您究竟能沒帶腦到什麼地步……」

「喂，別人身攻擊。」

「在下不人身攻擊，在下只說實話。」

「靠，更過分了吧！」

「您廢話太多了。重點是，您想要這個東西嗎？美食之旅。縱使在下認為這實在是對您毫無助益。」

「不不不，太有幫助了！」翡翠這下也顧不得馬車顛得屁股痛的事情，他用兩隻手緊抓斯利斐爾的手腕不放，一副深怕對方轉頭就賴帳的模樣，「所以我們現在要去吃好吃的？是去哪邊？是要吃瑪露蓮的黃金百香水果百匯，還是古特爾的油炸綿綿糰子三重奏？」

「是洛里亞的煙燻咖啡起司馬鈴薯喔！」一顆白色腦袋再也憋不住，飛也似地從車廂側邊的窗口探出來。珊瑚怕自己的聲音被風聲跟車輪聲蓋過，拔得格外高昂，「還有黃金乳脂鬆——唔唔唔！」

一隻從車內探出的手無情摀住珊瑚的嘴巴，下一剎那她就被瑪瑙粗暴地摁壓回去。

瑪瑙慢條斯理地躍上車頂，對上翡翠仰高的目光時，露出蘸滿了蜂蜜的笑容，彷彿剛剛出手狠辣的人不是他。

「風大，我怕珊瑚被吹到感冒。」瑪瑙語氣真摯地說，「翠翠，我們這一趟要去洛里亞呢，那邊有好吃的煙燻咖啡起司馬鈴薯跟黃金乳脂鬆糕。」

「雖然沒吃過也沒聽過，但感覺就是好吃得不得了……」翡翠嚥嚥口水，「但，美食之旅究竟是？」

「爲了讓您放鬆，雖說在下認爲您的神經已經鬆得不能再鬆了。」斯利斐爾面無表情地抽回自己的手，隨後身形散化成無數光點。

光點再凝成一顆球，眨眼飛向了更前方。

知道斯利斐爾是去前面探路，翡翠也沒多問，而是等著瑪瑙爲自己解答。

「我們知道翠翠你急著找伊利葉的下落，但我們也擔心你把自己逼得太緊，才會和斯利斐爾商量，先安排一段讓你放鬆的美食之旅。」瑪瑙望著翡翠的眼神滿是疼惜，好像翡翠已經瘦了十幾公斤以上，「當然，除了前往洛里亞之外……」

「還要把那個大壞蛋伊利葉找出來，用力地打他好幾頓！」珊瑚驀地又探出腦袋，握緊的拳頭在空中揮舞著，「珊瑚大人要把他揍得——扁扁扁扁的！對了，所以我們要去哪裡找大壞蛋呀？」

「先去洛里亞。」珍珠把珊瑚往車內拉進些，以免外頭樹枝打到她的臉，「那裡有間圖書館，收藏了些關於榮光會成立前的資料，這是珂妮私下透露的。」

「啊，對！」翡翠想起來了。

那是前陣子發生的事。

當時繁星冒險團爲了調查伊利葉的事，與華格那負責人烏蕨一塊前往格里尼的弦月區。

他們順利找到了和伊利葉相識的女性妖精，得知一些關於他的情報，還在深山的花開之地發現更大的祕密。

伊利葉原來不是世人以爲的古森妖精——

而是，精靈。

這事不僅讓翡翠震驚，就連幾乎全知的斯利斐爾也萬分愕然。

誰也沒想到在精靈族走向滅絕、只餘翡翠幾人的現下，居然還有另一位精靈存活於世上。

不，說存活也不對，畢竟伊利葉如今已是亡靈。

然而現今以亡靈姿態存在的伊利葉，卻又沒有精靈族的尖耳特徵。

這點，連斯利斐爾也判斷不出緣由，只能成爲一個未解之謎。

除此之外，他們還在花開之地看見過去的影像，確認榮光會與伊利葉的關聯。更推測出現在的榮光會，恐怕是掌握在伊利葉手中。

伊利葉藉由這股地下勢力，暗中推動奇美拉計畫。

他最終目的究竟爲何？

這點，翡翠怎麼想也想不透，也乾脆不想了，反正只要逮著人，一切就能知道。

繁星冒險團離開格里尼前，神厄的珂妮曾向他們透露一些榮光會的消息。

拜訪洛里亞的圖書館，就是他們的主要目的。

只不過翡翠一路被馬車晃到腦漿都像要被甩掉，連帶地也把他們這趟行程的目的一併甩到九霄雲外。

讓斯利斐爾來說，就是精靈王又不帶腦子了。

翡翠也曾另外委託華格那分部調查榮光會與伊利葉之間的聯繫與目前動態，但倘若能有更多其他情報，他們也會不遺餘力地前往探查。

「榮光會、伊利葉……」翡翠手指無意識地敲打著膝蓋，「希望我們這趟過去能有些收穫，或是回來時，烏蕨那邊也有消息了。要是能順便再見到桑回就更好了，那麼久不見……眞想他啊。」

「伊斯坦先生嗎？」

說起桑回，珍珠精神就來了，甚至把注意力拔離手上的小說。她壓著隨風飛舞的髮絲，從窗口探出頭，盛著盈盈笑意的雙眸對上翡翠。

「聽說他去了馥曼，海棘島的事在那裡似乎有線索。翠翠，要是方便的話，我們辦完事後可以繞去馥曼一趟嗎？有本書的疑問我好想當面問他呢，我太好奇他爲什麼會創造出高麗菜人跟萵苣人這兩個種族的戀愛故事了。」

「這故事聽起來好像不錯吃……啊不是，沒問題，到時我們就繞去馥曼。」翡翠馬上拍胸脯保證，他自己也很想念桑回，「這麼久沒見，桑回的肉肯定更結實可口了吧，我順便先跟斯利斐爾說一下。」

斯利斐爾還沒回來，翡翠直接在腦內頻道敲對方，說起了之後到馥曼的事。

斯利斐爾對這個決定沒有意見，緊接著為他帶來了一個壞消息跟一個好消息。

壞消息是——

前方有魔物群埋伏，若要繞開得花雙倍時間。

至於好消息……

牠們可以吃。

只要跟「好吃的」有關，翡翠全部精神都來了。

「繁星冒險團——衝啊！」

翡翠迫不及待地催促拉車魔物加速，偏偏對方受斯利斐爾留下的威壓所懾，說不快就是不快，依舊保持著原先的速度。

翡翠的一顆心被美食撓得發癢，恨不得自己能代替拉車魔物跑得再快一點，萬一拖太久，那些好吃的魔物跑了怎麼辦？

這念頭剛一掠過翡翠腦海，他倏地靈光一閃。

對啊，他大可以自己先跑過去！

坐在車頂的瑪瑙沒有錯過翡翠的任何表情變化，頓時就像讀了心似地摸清翡翠的打算，他低頭看了珍珠一眼。

「珍珠，妳負責顧車。」

「咦咦？爲什麼要珍珠顧車？」珊瑚一向是問題冒最快的那個，「爲什麼？爲什麼？」

珍珠一下心領神會，「我明白了，交給我吧。」

「珍珠，瑪瑙是什麼意思？爲什麼珊瑚大人聽不懂，你們在猜什麼謎啦！」珊瑚不滿地鼓起腮幫子，覺得自己被排除在外。

珍珠只是摸摸珊瑚的腦袋，揚聲對翡翠說，「翠翠，你們先去看那個魔物群吧。馬車交給我看顧，你跟瑪瑙和珊瑚趕緊先過去吧。」

一聽有魔物能打，珊瑚登時把珍珠和瑪瑙像在猜啞謎的事拋到一邊。她抽出自己的雙生杖，雙眼炯炯發亮地盯著翡翠。

「那就交給妳了。」珍珠做事，翡翠向來放心。

珍珠輕盈地躍出車廂外，落坐在翡翠隔壁的位子。她一手虛握韁繩，一手拿著書，朝翡翠點了點頭。

翡翠勾起愉快的笑容，下一秒如離弦箭矢，脫離拉車座位，身後緊跟著另外兩抹疾速身影。

精靈全力奔跑時，速度相當驚人。

只不過幾個起落，他們已與馬車拉開一大段距離。

片刻後，翡翠發現飄浮在空中的光球。

「斯利斐爾。」翡翠一止步，身後的瑪瑙和珊瑚也跟著停下，「你說的魔物呢？」

翡翠疑惑地左右張望，只看到散在四周的黃褐色大小石塊。

別說魔物群了，連隻魔物的蹤影都沒瞧見。

難不成還在更前面嗎？

「不。」斯利斐爾嫌人形麻煩，乾脆維持光球形態，「魔物就在這，牠們的聽力很好，馬車的聲響已經被牠們捕捉到，就先待在這守株待兔了。」

「這裡？哪裡？」珊瑚俐落地跳到一塊高聳黃石上，從高處往遠方眺望，但還是沒發覺魔物的行蹤，「珊瑚大人沒看到啊！」

瑪瑙最先察覺不對勁。

黃石的表層在動，很細微，可確實在小小地起伏著，簡直就像是石頭會呼吸一樣。

「翠翠，那些石頭。」瑪瑙的雙生杖瞬時成了鋒利冷冽的羽刀。

「啊。」翡翠也注意到了，深怕太大動靜會讓潛藏的魔物暴起，他沒有打草驚蛇，而是要珊瑚先下來。

「翠翠發現什麼了嗎？」珊瑚依言躍下，小跑步回到翡翠身邊。

「我比較驚訝妳什麼都沒發現。」在翡翠面前，瑪瑙的刻薄程度收斂了幾分，只是瞥向珊瑚的目光就像在看一個蠢蛋，「翠翠，珊瑚回去該多補一下比較好。都說吃什麼補什麼，你覺得魔物的腦子怎樣？有些用烤的或煎的，聽說也很美味。」

假如翡翠能注意到瑪瑙此刻的眼神，他心裡定是會忍不住驚歎，對方和斯利斐爾看人的樣子根本如出一轍。

「啊，說得我也想吃了……」翡翠嘴裡分泌出唾液。

「為什麼珊瑚大人總覺得瑪瑙的關心怪怪的……」珊瑚嘀嘀咕咕，但她很快便沒時間深思瑪瑙字裡行間的嘲諷了。

那幾顆黃石抖動加劇，這下子，連珊瑚也能看出不對勁了。岩石的表面出現波紋，猶如浪潮翻騰，緊接著類似岩石的粗糙感改變，轉眼化成了密集的鱗片。

再下一剎那，石塊紛紛撐起身子，顯露出牠們的眞面目。彎曲的光滑犄角從頭部兩側往後延伸，暗黃似魚鱗的鱗片覆蓋在軀幹部分，蹄子被厚厚的絨毛包覆，似羊的面部有著淺淺的兩道縫，組成了像是鼻子的形狀。

最可怕的是那張佔據整張臉的嘴巴。

五隻魔物沒有眼睛，臉上的嘴巴讓人格外怵目驚心。

彷彿是大黃羊的魔物從鼻子噴出氣體，嘴巴張得極大，像能輕易一口吞下腦袋。

牠們嘴裡逸出尖細的叫聲，蹄足朝地面刨了幾下，旋即如同五道凶猛的黃色風暴，鎖定翡翠三人而來。

精靈的優雅迅敏在這一刻發揮得淋漓盡致。

翡翠、瑪瑙、珊瑚足尖一點，身形宛若翩蝶，在魔物即將逼近的前一瞬悍然出手。

翡翠的長槍毫不猶豫地直捅入魔物張到極致的大嘴，槍尖凌厲地貫穿了牠的上顎，突出臉部，再俐落抽回，帶出一蓬血花。

瑪瑙的羽刀快得幾乎捕捉不到影子，眨眼間便刺入魔物的鱗片間隙，順著肌理毫不留情地切割。

珊瑚舉高她的雙生杖，纏繞著焰紋的大鎚直接走簡單粗暴路線，瞄準魔物的腦袋重重掄下。

魔物的叫聲轉成憤怒和驚惶，但前者很快壓過後者，洶湧的怒氣讓牠們更顯暴躁急促。

然而行動間，翡翠也沒忘記向斯利斐爾確認關鍵情報。

「你說可以吃，那好不好吃？」

可以吃跟好吃對翡翠來說可是兩回事，他熱愛食物，但前提是要美食才可以。

美食才是最重要的！

或許是看在這趟旅行是要慰勞翡翠身心的份上，平時鮮少鬆口的斯利斐爾這次特別大方地透露了翡翠最想知道的訊息。

「那是黃石魚羊，肉質結實有彈性，卻又不會過硬而讓人咀嚼費力。」斯利斐爾以平板的聲音爲翡翠介紹美食情報，「有如更鮮嫩的雞肉，但只在嬌小的雄羊身上吃得到，因爲滋味鮮美，又被人稱爲小鮮羊。」

「……認眞的？小鮮羊？」翡翠飛快扭頭望斯利斐爾一眼。

「您看在下有在笑嗎？」

「最好我能從一顆球上看出來。」翡翠放棄再跟光球對視，持握著長槍朝黃石魚羊的方向橫掃過去，銳利的目光快速在魔物中搜索，一下盯住了體格最爲瘦小的雄性魔物。

就是牠了，小鮮羊！

或許是翡翠目光裡的食欲太過明顯，被盯上的黃石魚羊感受到危機，直覺有不祥的命運將降臨在自己身上。

牠忽地撒開蹄子，再也不留戀戰場，扭頭拔腿就逃，將自己的同伴扔下不管。

翡翠哪可能讓快到手的食物飛了。

扣掉那隻小鮮羊，黃石魚羊只剩下一隻，翡翠也不擔心珊瑚和瑪瑙無法應付，他對他們的能力相當有信心。

「珊瑚、瑪瑙，這邊交給你們了，我去追那隻！」

翡翠撂下話，身影已如疾風飛掠而出。

黃石魚羊一路往前逃竄，恨不得自己速度還能加快。

最好一騎絕塵地把那個綠頭髮的妖精甩掉！

縱使那名妖精看起來瘦弱，好似風吹就倒，但對方投射過來的目光，卻令牠不由自主地心生顫慄，彷彿只要慢一步，就會成爲狩獵者口中的獵物。

而對黃石魚羊來說，最安全的地方莫過於巢穴了。

牠左彎右拐，四蹄邁得又急又大，又是跳上土坡，又是鑽進樹叢。

再從茂密矮葉中鑽出來時，充當巢穴的隱密洞窟就在眼前。

黃石魚羊喉頭滾動，回到巢外讓牠安心許多，牠扭頭再次確認，後方矮木叢沒有動靜。

牠終於安下心，雖然有些可惜這次的狩獵沒有成果，還被嚇得逃回來，但想到洞裡仍有儲備糧食，牠的嘴又咧出愉快的弧形。

牠踱著步子往洞內走，「噠噠噠」的腳步聲在岩洞裡迴響，也宣告了洞穴擁有者的歸來。

黃石魚羊巢穴乾燥，但有一股難聞的腥臊味飄蕩其間。

牠自是不會覺得這氣味哪裡不對，牠走到角落，用前蹄踢了踢一團黑漆漆的東西。

那東西只比牠的蹄子大上一點，體表覆蓋細短黑絨毛。血污讓毛髮糾結成一塊塊的，一雙翅膀軟軟地垂在地上，從那不正常的收攏方式判斷，可看出受到不小的傷害。

乍看之下，是隻負傷頗重的蝙蝠。

黃石魚羊不滿地從鼻縫噴出幾口氣，牠可是分辨得出來，這不是供牠塞牙縫的普通蝙蝠。

這聞起來是暗夜族的味道。

黃石魚羊沒在第一時間吃了蝙蝠，就是爲了等對方變回人形，這樣食物的分量才會加倍。

想到剛剛不得不放棄的三個獵物，再看著面前塞不了牙縫的小蝙蝠，黃石魚羊越發不滿。

牠將小蝙蝠當成球踢來踢去，一不小心力道過大，竟將對方踢飛出去。

黑黝黝的糰子在空中劃出一道弧線，然後被一隻白玉般的手掌精準攔截。

「哎呀，這什麼？」反射性伸手接住的翡翠困惑地看著那團漆黑物體，「蝙蝠？」

發現是不能吃的，翡翠登時想往旁邊一丟，讓他停住動作的是斯利斐爾說的話。

飄在翡翠身側的光球平淡地說，「那不是蝙蝠，那是一名暗夜族。」

「暗夜族」三字一進入翡翠耳中，在瓦倫蒂亞沙漠慘烈的一幕立刻躍入腦海。他皺皺眉，最終還是將蝙蝠先往衣內一塞。

而在翡翠對面的黃石魚羊則是整個僵住了，牠明明沒聽見腳步聲，為什麼這個讓牠本能感到危險的綠髮妖精會平空出現？

他是用了什麼魔法嗎！

巨大的震驚和錯愕讓黃石魚羊一時沒反應過來，等牠意識到得先發制人時，迎接牠的已是兩道交錯的閃光。

長槍在翡翠手中變成兩把碧色長刀，刀鋒迅雷不及掩耳地自下斜切進黃石魚羊的下頷，勢如破竹地一路往上劃。

等長刀脫離黃石魚羊的血肉，那顆肖似山羊的頭顱也與身體分家了。

隨著羊頭砸地，大股鮮血從斷面噴湧出來，在地上迅速積成一灘小小血泊。

血腥味飄散，讓洞穴裡的氣味變得更加難聞。

這股猛烈氣味似乎刺激到昏迷中的暗夜族，窩在翡翠胸前的小蝙蝠發出微弱的呻吟，沒想到聽到這些低喃的翡翠，心湖瞬間掀起了大浪。

那名暗夜族說，「殿下……要趕緊救殿下，她有危險……」

暗夜族的殿下只有一人，那就是數月前已經殞落在瓦倫蒂亞沙漠的蘿麗塔。

也因爲這個重大打擊，暗夜族甚至封閉了浮光密林，不再接受外族進入。

「我沒聽錯吧……」翡翠喃喃地問向斯利斐爾，「他剛說了殿下？」

「您沒聽錯。」斯利斐爾給予肯定回答，「在下同樣也聽見了。」

「他說殿下，但是蘿麗塔明明就……難道還有人找到了碎星，讓她跟我一樣起死回生嗎？」

「在下無法告訴您答案。」

重重疑惑佔據翡翠心頭，可眼下這名暗夜族已喪失意識，要想得到解答，就必須得等他醒來。

翡翠把暗夜族捎上，也沒忘記這趟的主要目標。

他盤算了下黃石魚羊的大小，要想整隻扛回去和瑪瑙他們會合有點不太實際。所以他割下了兩隻前腿，打算實現烤羊腿的願望。

桑回不在，他也可以睹腿思人啊。

幾乎就在翡翠肢解完黃石魚羊的剎那，一道平板、不帶起伏的無機質嗓音同時在他與斯利斐爾腦中迸現。

「任務發布——」

那是世界意志的聲音。

「請在十天內，追尋到閃閃發光大金羊。」

如果斯利斐爾現在是以人形現出，那麼他的眉頭估計都能緊皺到打結了。

他從來不曾質疑過世界意志的引導。

然而這一回，他頭一次心生了幾分懷疑。

相較於斯利斐爾的動搖，翡翠卻是興奮得全身顫抖。

閃閃發光大金羊，那不就是桑回嗎？
這沒問題，他很可以，他超級可以的！
等著吧，桑回．伊斯坦——我來了！

# 第2章

「哈哈哈……哈啾！」

一個驚天動地的噴嚏從砂金髮色男人口中發出，他及時摀住口鼻，但孱弱的身軀還是晃了晃。

眼看就要撞上車廂木板，好在他連忙穩住，才沒有讓腦袋重重地磕上去，否則本就瘦弱的身體又要再受到傷害了。

下一秒，接連不斷的句子有如滔滔江水湧上，差點要把桑回淹沒了。

「怎麼啦？怎麼啦？我聽到超大的噴嚏聲，你噴血了嗎？還活著吧？應該沒要死了吧？不行啊，再怎麼說也得等解救冒險獵人後你再躺下。別擔心，到時候我會通知流蘇過來，請他幫你做一次全方位的保養，包準你……」

「包準我投向眞神的懷抱吧……咳咳咳，咳咳咳咳！」桑回奮力擠出聲音，只求能制止卡薩布蘭加這個可怕的主意。

加雅分部的流蘇．裴爾特擁有豐富的藥草知識，在製藥和研發藥劑方面也相當拿手。

但這名男人更擅長的是——利用他的藥水送人到眞神的懷抱。

桑回看起來雖然一天到晚都病懨懨的，似乎隨時會跨過那道覲見眞神的門檻，但他絕對沒有想要回歸眞神懷抱的意思。

桑回以拇指抹過唇角，沒發現上面有血漬，看樣子這個噴嚏沒讓他噴出血。

他從車廂探出身，映入眼中的仍是一成不變的景色。

黃土、雜亂的樹木，還有連綿成一片的低矮草叢。

「咳咳，我們現在是到哪了？」桑回從車廂來到前端的馬夫座位上。

即使是在六月艷陽下，他還是披著那件厚重的暗色大衣，陽光將他的髮絲鍍上閃閃發亮的效果。

坐在座位另一側的綠髮女子側過臉，她五官濃艷爽俐，翠碧色長髮紮綁成繁複的髮辮，整個人散發一股俐落感。

然而只要與卡薩布蘭加接觸過就知道，她外表俐落、做事俐落，唯有那張嘴……只要一張開，就是沒完沒了的嘮叨，令人頭痛萬分。

她身邊的人都痛惜她長了張嘴，爲什麼偏偏要有說話功能，不能靜靜吃飯就好嗎？

卡薩布蘭加一向樂於用行動表示——不能。

一路上，桑回爲了閃避卡薩布蘭加的嘮叨攻擊，乾脆躲在車廂內窩著不出來。不是睡覺就是拿出筆記本寫小說，力求不與對方有太多的交流。

只是卡薩布蘭加這個人就算沒有聽眾，也能說得自得其樂，讓桑回實在是苦不堪言。

「所以你剛怎麼了？打了那麼大一個噴嚏，外面有隻小鳥要飛下來陪我，就被你的噴嚏嚇跑了。」卡薩布蘭加沒忘記關心同伴，重提起最初的話題。

「我也不知道……」桑回有氣無力地說，眼眸半瞇，臉色在日光照耀下顯得異常蒼白，看著就是一副病容，「就是突然打了個噴嚏，還打了一個寒顫。有種……很不祥的預感。」

「唔嗯嗯嗯，你可眞慘，我有鬱金準備的藥。」或許是看出了桑回臉上殘留的驚魂未定，卡薩布蘭加體貼地縮短句子，「等等你先喝一瓶吧，專門讓人不幸的喔，這樣說不定能讓你負負得正。」

「不……不不不，咳咳咳咳！」桑回被嚇得眼睛都睜大了，「那是用壞運調配的吧，絕對不要，妳也不想讓這趟任務變糟糕吧！」

「是壞運調的沒錯。」卡薩布蘭加直爽地承認了，「既然你不想，那到時我再灌給榮光會的人喝吧。」

桑回對這決定大力支持，壞運的威力他可是親身體驗過，也親眼目睹過，總之絕對不想再嘗試。

壞運的全名是「會帶來壞運的果實」，從那直白的名字就能感受到它的威力。它的外表是金紅色的，果核則是青黑色，其上的紋路就像許多小骷髏頭。只要吃下一顆壞運，一整天運氣都會極差，是種不管動物還是魔物全不敢碰觸的可怕水果。

「喔，對了。」卡薩布蘭加像是這時才憶起桑回先前的問題，「我們現在快接近洛里亞了，只要通過前面的杏葉大森林，差不多就能看到那座小鎮。」

杏葉大森林和洛里亞的名字一傳進耳內，桑回腦中隨即勾勒出一張詳細的地圖，讓他馬上掌握到目前所在位置。

距離他們的目的地，還有大約四天的路程。

從先前萊恩吐露的訊息，冒險公會在最短時間內篩選出了符合的地點。

只是這位置，讓桑回、卡薩布蘭加和鬱金心中生起濃濃驚疑。

那是接近洛里亞鎮邊緣的區域。

然而那一帶——分明沒有任何村落。

萊恩看到的究竟是什麼？

懷抱著疑惑，卡薩布蘭加和桑回輕裝俐落動身。

原本應該要再帶上萊恩，由他負責引路。

但對方傷勢未癒，無法負荷長途旅行。馥曼這裡也臨時找不到會高階治癒法術的人，只能讓他繼續留在城裡休養。

兩名負責人的計畫是到了洛里亞後先短暫停留，在鎮上跟人打聽消息，看沿海那裡如今究竟是什麼狀況。

「總不會眞的平空冒出一座村子吧。」卡薩布蘭加朝上拉伸手臂，放鬆僵硬的肌肉，「桑回你怎麼看？」

「咳，不怎麼看……」桑回慢吞吞地說，「反正等到了目的地，自然會知道結果。在這之前，先順利通過杏葉大森林再說吧。前陣子收到情報，那裡有強盜團出沒，專門對落單或人數稀少的旅行者下手。」

「哎哎哎哎，那拜託他們出來打劫我們吧！」提到這個，卡薩布蘭加便精神來了，「這樣就能獲得一票人聽我說話了，聽起來超棒的對不對？我要把他們全打得沒有反抗能力，還要把他們的手腳綁得死死的，嘴巴當然就不塞住了，有人回應更好嘛。」

桑回忍不住都要同情還未謀面的強盜了。

在魔物疾行之下，杏葉大森林終於映入他們視野。

廣闊壯觀的森林綿延成一片看不見盡頭的樹海，無數的杏葉樹直挺挺地矗立著，金黃的扇形葉片隨著吹拂的風搖晃，發出了「鈴鈴鈴」的聲響。

風大之時，讓人彷彿有走進一座鈴鐺之森的感覺。

馬車持續前進，車輪轂轆地轉動，伴隨著卡薩布蘭加不間斷的碎唸。

「強盜、強盜、強盜、強盜、強盜……」

桑回呻吟了聲，開始後悔自己爬出來的舉動，他就應該再回去車廂裡寫小說的……判斷卡薩布蘭加還能唸上一路，桑回決定遠離對方，但身子才剛直起，又驀地坐了回去。

卡薩布蘭加也驟然閉上嘴。

兩名負責人飛快對視一眼，各自的種族優勢讓他們能敏銳捕捉到更遠處的聲音。人聲吵雜，還有刀刃撞擊聲不時響起。

前面肯定有狀況。

「總算要來了嗎？」卡薩布蘭加雙眼放光，激動地加快馬車行駛速度。

兩旁景色飛速倒退，翻騰猛烈的氣流拍打得人皮膚生疼，風聲在耳邊呼嘯著。

桑回緊抓著座位邊的扶手，深怕被夥伴沒有節制的加速甩出去。

「快快快，小可愛用盡全力跑吧！」卡薩布蘭加在風裡哈哈大笑，一雙眼睛亮得驚人，宛若裡頭點燃了兩簇火焰。

「卡薩布蘭加，妳慢一點！」桑回覺得自己要暈車了，他一手緊摀著嘴，一張臉慘白得嚇人。

「別擔心。」卡薩布蘭加舉起法杖，蔥綠色細藤自她影子鑽出，纏繞在桑回腰上，確保他不會眞的被甩飛出去。

過不久，卡薩布蘭加就看到她心心念念的動靜來源了。

兩方人馬纏鬥在一起，一邊是穿著相同服飾的女性，一邊是相貌粗野的男人。

刀光劍影不時劃過，還有兩輛馬車停置在一旁，一輛精緻、一輛簡樸。

從眼前情況判斷，應該是馬車遭到攔截，才會引發這場混戰。

瞧見有輛車橫衝直撞地奔來，所有人顧不得還打得不可開交的戰鬥，連忙匆匆往旁閃避，就怕被這輛不長眼的馬車撞上。

沒想到以爲會直衝而來的馬車卻冷不防來個緊急煞車。

魔物猝然停下前衝的身勢，車廂一個甩晃，連帶馬夫座位上的人也要被大力甩下。

桑回感覺自己眞的要往前飛出去了，但又被腰間藤蔓硬生生拉了回來。腹部被大力一勒，差點以爲肚子裡的內臟要從嘴巴噴出。

他癱在座位上，滿頭冷汗，臉上不帶一絲血色，乍看就像彌留之際的可憐病人。

那模樣估計太慘了，原本心生警戒的強盜們頓時放下心中大石，當他們視線轉看到卡薩布蘭加，輕視之心隨即膨脹得更大了。

這群強盜這陣子都盤踞在杏葉大森林裡，盯準了落單或人數稀少的隊伍。

這一次，他們相中的目標是全由女性組成的兩輛馬車。

在強盜看來，人數上他們壓過對方一頭，更別說對方不過是幾個女人，根本不足爲懼。

只是他們卻估算錯誤。

這幾名女性雖然人數不多，卻難纏得很。直到失速馬車狂奔而來之前，兩方都處於勢均力敵的狀態。

相較盜匪們不將桑回和卡薩布蘭加放在眼裡的態度，其餘四名女性卻在看清來人的面容後，大爲震愕。

「桑回！」

「卡卡卡……卡薩布蘭加！」

後面的這句大喊還洩露出一絲畏懼。

被喊出名字的卡薩布蘭加毫不意外，「哎呀呀呀，是碧雅冒險團啊，兩個多月沒見了，有想我嗎？妳們是不是都挑我不在的時候來馥曼分部領取獎金？真是太讓人難過了，難道妳們都不想我嗎？」

「不不不不，不敢想。」碧雅冒險團的四名女獵人趕忙搖頭，全然沒了先前對上盜匪的強悍。她們忍不住往後退，只想和對方拉開距離，「妳和桑回怎麼會……」

「別不把老子放在眼裡！」被忽視的盜匪首領惱羞成怒，「就算多來兩個人又怎樣，你們今天通通都要把所有值錢的東西留在這，否則就別想活著離開！給你們一分鐘的時間！」

「一分鐘太長了。」一道清冷嗓音猛地落入林間，猶如水珠滴墜，再迸開散濺，「三十秒就足夠。」

停在一旁的精緻馬車被由內推開車門，一隻雪白手臂映入眾人的眼裡。

就連盜匪也沒料到車廂裡原來還有一人。

一名容貌華艷如帶刺薔薇、令人一眼難忘的藍髮少女優雅地走下馬車。

當她的鞋子踩踏至地面時，所有人發覺周遭的溫度似乎下降了。

很快地，他們發現並不是錯覺，強盜們甚至發出驚慌失措的慘叫。

「怎麼回事？這是怎麼回事？」

「不能動了！」

「是冰!?為什麼這種天氣會忽然出現冰！」

明明是六月的初夏時分，天氣實屬悶熱，雖說在杏葉大森林裡這份熱度被樹蔭隔絕了大半，但也絕對不會出現寒冰。

冒著白色寒氣的冰平空凍覆在土地上，轉眼就像蜿蜒的白蛇吞沒了盜匪的雙腳。明顯沒有停下的跡象，飛也似地一路向上，來到他們的腰間、胸前、肩膀。

最末把一群男人的嘴巴都凍封於冰裡。

他們的臉部露出怪異表情，眼裡是幾乎要溢出的恐慌，卻再也無法張嘴呼救，只能像雕像般動彈不得。

就連碧雅冒險團也面露愕然，被這一幕震驚得啞口無言。

她們這一趟是受藍髮少女委託，成為她旅途中的護衛，順帶兼負車夫的職責。

但她們怎樣也沒想到，以為應當是弱不禁風、但對食衣住行的要求都極為嚴苛的富家大小姐，赫然藏著如此驚人的實力。

單憑她的能力，壓根不需要護衛吧！

相較之下，桑回和卡薩布蘭加可說是全場最鎮定的人。

卡薩布蘭加還忍不住吹了聲口哨，「厲害耶，該說不愧是水之魔女嗎，出手就是不同凡響。我還是第一次見到你呢，之前曾在珊瑚他們口中聽過你的名字。噢，桑回也曾提過，不過怎麼沒看到……」

碧雅冒險團和桑回同時露出痛苦神情。

開始了，又開始了，卡薩布蘭加的喋喋不休。

「路那利，你的搭檔呢？」桑回強行截斷卡薩布蘭加的話，他可不想站在這裡聽對方說個不停，「思賓瑟呢？」

「它說要研究最新流行的小裙子怎麼縫製，沒跟我出來。」路那利抽出潔白細緻的手帕，摀著鼻，連望向那群盜匪一眼都不願意，彷彿只要視線一看過去，就會弄髒他的眼，「桑回和……」

「卡薩布蘭加，馥曼分部的負責人。」卡薩布蘭加笑嘻嘻地說。

而被冰封住嘴巴以下的強盜們則是差點瞪凸了眼。

即使他們沒聽過卡薩布蘭加這個名字，但「馥曼分部負責人」這幾個字，他們還是能夠理解的。

那個綠髮女人竟然是冒險公會的負責人！

等等，難道說另一個看起來病得像隨時會死的男人也是⁉

發覺自己居然招惹到那麼棘手的人物，強盜們忍不住滿心後悔。早知道他們就別想著要搶這些女人的財物了，如此也不會引來那兩人。

沒人去關心那票強盜的心情，路那利的視線掠過卡薩布蘭加，移回至桑回臉上。

「你們這是要去……洛里亞？」

「啊，對。」沿著這條路最先抵達的城鎮就是洛里亞，桑回也不覺得這是什麼須要隱瞞的事，況且路那利還是隸屬他們華格那的冒險獵人。

路那利艷麗的笑容裡瞬間多了幾分真誠，「讓我搭個便車行嗎？」

「咦？」驚訝的不只是兩位負責人，還有路那利雇用的碧雅冒險團。

「你說搭便車？咳咳……」桑回低咳幾聲，對於路那利提出的要求滿是不解，「但你自己不是有車？」

「我想跟兩位一起行動。」路那利不掩飾自己的真正意圖，「正巧我也要去洛里亞，跟著你……跟著你們會更方便行事。」

「你剛剛說了『你』對吧，也就是說你的目標是桑回，那個『你們』怎麼聽都像是順便補上的。」卡薩布蘭加可是敏銳得很，「難道你對桑回有什麼企圖嗎？雖然我很想這麼質問，但用鬱金的斗篷想也知道不可能，畢竟你可是覺得全大陸的男人都該去死的水之魔女嘛。」

「男人又髒又卑劣，光活著都是浪費空氣。和美麗的女孩子相比，明顯缺乏存在的價值。」路那利輕蔑地吐出冷酷字句。

碧雅冒險團都不好意思看向被嫌得一文不值的華格那負責人了。

「不過……」路那利話鋒一轉，「小蝴蝶就不一樣了，至於小蝴蝶認識的男人，勉強……也沒那麼讓人無法忍受吧。」

「桑回，你說呢？」卡薩布蘭加把問題扔給同事，「如果你問我看法的話……」

「不用了，就一起吧，反正順路。」桑回果斷應允，不想讓卡薩布蘭加找到暢所欲言的機會。

「等一下，那我們……」碧雅冒險團的團長連忙出聲。

「委託就到今天爲止吧。」路那利往團長方向扔出一個小布袋，裡頭的硬幣撞擊出清脆聲響。

團長一打開，差點被滿滿的金色閃花了眼，裡頭全是光澤閃亮的金幣。

不用倒出確認，也能看出路那利給的錢高於她們這幾日該拿的酬勞。

要不是知道路那利排斥他人接近，碧雅冒險團都想衝上去給這位人美出手又大方的雇主一個熱情的擁抱了。

這次的委託，接得眞是太對了！

爲了表達感激之情，她們熱情地幫路那利把馬車上的行李全搬運到桑回他們車上，一下便把簡樸的車廂布置得豪華又高級。

至於那幾個被冰凍在一邊的盜匪，也由碧雅冒險團扛走，帶回去最近的分部據點換賞金了。

卡薩布蘭加看著他們模樣大變的馬車，忍不住又吹了聲口哨，「哇喔，這可眞是不得了！路那利你要考慮換個公會嗎？我們馥曼絕對不比華格那差的，還有甜點吃到飽的福利呢。你喜歡的小蝴蝶，繁星冒險團的翡翠……沒錯，他可是很喜歡馥曼的。」

「但他對桑回顯然更感興趣。」路那利慢條斯理地說，「有桑回的地方，聽說就容易引來翡翠，否則我幹嘛要登上你們這輛破馬車呢？」

「等……」桑回發現自己不能當作沒聽見，「你最後一句是什麼意思？我們是要去洛里亞，翡翠不是應該在塔爾？」

路那利笑得更動人了，同時也讓桑回心底的不祥預感如泡泡直冒。

「原來你還不知道嗎？珂妮之前傳消息告訴我，繁星冒險團爲了調查榮光會的事，準備要去洛里亞。有你在，肯定能讓我順利碰到小蝴蝶的。」

路那利看著桑回的眼神，就像在看能引魚上鉤的絕妙餌食。

想到自己可能要在洛里亞再見到那位總想把自己吞吃入腹的綠髮青年，桑回頓覺耳邊一陣嗡鳴，心口一緊。

過大的衝擊讓他一口血又湧上來，順著克制不住的咳嗽溢出了唇邊。

偏偏他們此行的目的就得經過洛里亞，還不能繞道而走。

「桑回、桑回？」卡薩布蘭加在失神的桑回面前揮揮手，沒得到回應，她不以爲意地聳聳肩，「哎呀，知道翡翠貌美、和你感情也好，但桑回你也不用激動到說不出話來吧。」

桑回沒有回話，只是又悲憤地咳出一口血。

誰也沒有理會心如死灰的桑回，卡薩布蘭加回到車夫座位上，路那利施施然地落坐在她隔壁。

桑回抱著受創的心，孤伶伶地回到了車廂內。

從現在開始，他要虔誠地向眞神祈禱，祈求他和翡翠千萬不要見到面。

他眞的一點也不想變成別人的盤中大餐！

✣✣✣

「閃閃發光大金羊……桑回你究竟在哪裡……」

惆悵的感嘆落入黑夜中，乘著晚風一路飄蕩到燈火通明的小鎭。

經過多日旅行，這一天繁星冒險團一行人在夜色降臨不久後，順利抵達洛里亞。只是沿途都沒瞧見翡翠心心念念的華格那負責人，讓他的一顆心有若泡在失望搗成的汁液裡，整個人都有些提不起勁。

當然，這不妨礙他同時惦記著洛里亞聞名的美味煙燻咖啡起司馬鈴薯跟黃金乳脂鬆糕。

然而讓翡翠更失望的是，抵達城鎮的時間太晚，販售這兩樣美食的商家早已休息，得等明天開店，才能與它們來個親密的接觸。

所以今晚繁星冒險團的晚餐——就只有晶幣。

「爲什麼只有晶幣？明明其他餐館還開著，我們可以去那邊吃晚餐吧！」聽見斯利斐爾的獨裁決定，翡翠大驚失色，也顧不得想念還沒碰上的閃閃發光大金羊了。

吃不到的東西先放一邊，眼前的食物才是最重要。

「呵。」恢復小男孩形態的斯利斐爾只冷淡地掀了下眼，「在下是爲您著想，您吃了今晚的晶幣，就更能體會明天食物的美味。如此一來，您就能體會到在下的用心良苦了。」

不，我只感受到你用心險惡！

斯利斐爾的話翡翠是一個字都不信的，但礙於身家財產都掌握在對方手上，只能委屈求全。

繁星冒險團找了間旅館入住，四名精靈邊吃著晶幣，邊討論起接下來的行程。路上救回來的暗夜族則被安放在桌子上。

那隻全身漆黑的小蝙蝠被洗去血污，身上的大小傷口也讓瑪瑙治癒，但依然未回復意識。

翡翠只能按捺著好奇心，耐心等候那名暗夜族甦醒。

「翠翠，要再多吃一點嗎？」瑪瑙把自己的晶幣推向翡翠，「你最近太辛苦了。」

「不不不，瑪瑙你留著自己吃就好。你還要長身體，不能吃太少。」翡翠無視瑪瑙早就長得比自己成熟高大的事實，堅決地把晶幣再推回去。

一來是真心認爲小孩子要多吃才長得大，二來是……晶幣真的太難吃了！

就算精靈必須靠晶幣才能汲取能量，也才能獲得真正的飽足感，可每次在吃晶幣時，翡翠都覺得是種痛苦的折磨。

晶幣這種東西，難不成就不能做得好吃一點嗎？

爲什麼吃起來會是苦瓜加青草汁的味道啦！

翡翠瞄向吃得飛快的三名精靈，就連素來不會隱藏心情的珊瑚也一副吃得津津有味的模樣，讓他不禁心生懷疑。

難道味覺有問題的是自己？

但翡翠很快甩掉這念頭，他堅信自己的舌頭是美食之舌，無法和晶幣達成和解的。堆成山狀的晶幣沒多久消失無蹤。

翡翠喝了口水，試圖沖淡嘴裡的味道，「明天早上先到圖書館調查，然後再去買煙燻咖啡起司馬鈴薯跟黃金乳脂鬆糕。那位暗夜族先生還是小姐，要留在旅館嗎？不過我擔心他會不會醒來就跑了……」

這個可能性讓翡翠不自覺微皺眉頭，他還想弄清楚對方剛說的究竟是怎麼一回事。

蘿麗塔眞的死而復生了嗎？

「我可以留在旅館裡。」珍珠舉起手，「正好把伊斯坦先生的新書看完，翠翠你們就放心出去吧。」

「也不是不行，但是……」翡翠雙手抱胸，還是有絲猶豫。放珍珠一人跟陌生暗夜族相處，萬一出事怎麼辦？珍珠還那麼小，又手無縛雞之力……

越想，翡翠越難以放心，「不，我看還是把蝙蝠也帶出去吧，就放在我包裡。」

「放珊瑚大人這裡也可以！」珊瑚自告奮勇，「要是這隻蝙蝠想做什麼壞事，我就砰砰砰地打倒他！」

「妳要是把他打出問題，翠翠就會很煩惱了，難道妳是想增加翠翠的麻煩嗎？」瑪瑙冷冷睨了一眼過去，眼神是冷的，語氣卻是痛心疾首，「妳怎麼能這樣做？翠翠平時那麼辛苦了。」

「珊……珊瑚大人才沒有那個意思！」珊瑚一被瑪瑙指責，不禁心慌意亂起來，同時還生起濃濃的愧疚感。

瑪瑙趁勝追擊，「若沒那個意思，明天就由我和翠翠一起行動，妳跟珍珠一起。」

「我都行。」珍珠輕飄飄地插話。

「喔喔，這、這樣的話，那珊瑚大人就……」珊瑚傻乎乎地就要點頭了，突地皺起一張俏麗臉蛋，「等一下，爲什麼珊瑚大人覺得好像哪邊怪怪的？」

翡翠沒有加入自家小精靈的熱鬧討論中，他用欣慰的眼神看著互動好、感情佳的三人，直到聽見一道極細的呻吟聲。

房內的說話聲霎時像被按下暫停鍵，所有人的眼睛齊刷刷地轉向同一方向。

本來在桌上毫無動靜的小黑球……

這一刻，動了。

# 第3章

當曙光破開雲層，洛里亞迎來了早晨。

今天也是晴朗的好天氣。

洛里亞是一座屋舍幾乎都以木材建造的城鎮，雖然簡樸粗獷，但處處充滿濃濃的煙火氣。

陽光灑下，如同爲這個地方披了一層薄淡金紗。

隨著街道上攤販店舖陸續營業，人聲也漸漸增加，洛里亞很快熱鬧了起來。

在這個應當神清氣爽的早晨，翡翠卻是打著呵欠走出旅館房間。

昨晚那名暗夜族確實醒了，但只醒了十秒鐘。

那雙圓滾滾如豆子般的眼睛與他們茫然地對望一會，又霍地閉上。

然後一整個晚上再也沒有睜開過。

能夠知道對方一整晚都沒醒來，自然不是翡翠徹夜未眠守在旁邊，而是由不用睡眠的眞神代理人轉述的情報。

不過一開始，他們還眞以爲不久後那名暗夜族會再甦醒，因而特別熬了一會兒夜。

直到接近半夜十二點，翡翠才果決地催促小精靈們快去睡覺，他自己則是再熬一下。

依舊沒等到暗夜族再睜眼。

這也導致了今早的翡翠有些睡眠不足。

繁星冒險團下到旅館一樓，過於美麗的外表馬上吸引不少注目，他們不管走到哪，都像耀眼的發光體。

斯利斐爾沒有以人形樣貌出現，他嫌小孩的模樣在行事上不太方便，乾脆維持一團光球跟在翡翠身邊。

按照原定計畫，翡翠幾人會先去洛里亞的圖書館，等找到榮光會的相關資料後，再前去品嚐翡翠記掛一路的煙燻咖啡起司馬鈴薯跟黃金乳脂鬆糕。

只是計畫往往跟不上變化。

「嗯？您說煙燻咖啡起司馬鈴薯跟黃金乳脂鬆糕？」

聽到翡翠向自己打聽哪家店賣的最好吃，旅館老闆望了眼掛在牆上的木頭時鐘，好心地提醒。

「我們鎮上最受歡迎也最好吃的就是四條街外的『可可洛可』，不過你們最好趕緊過去，他們家的馬鈴薯跟鬆糕通常中午前就賣完了，生意好得很。」

「什麼？中午前？」這可大出翡翠意料之外，他沒想到點心會如此搶手。

洛里亞肯定還有其他店家販賣煙燻咖啡起司馬鈴薯與黃金乳脂鬆糕，但翡翠說什麼都想嚐到最好吃的。

「斯利斐爾，這可眞是大危機，要是不能吃到可可洛可賣的馬鈴薯跟鬆糕，我一定會茶不思、飯不想，還可能因而逐漸消瘦！」翡翠在腦海中急切地戳著斯利斐爾。

「在下明白了。」斯利斐爾重重吐出一口氣，「畢竟要是因爲身體消瘦，導致您本就空洞貧瘠的大腦受損，確實是個不得不重視的危機，那就把上下午的行程對調吧。」

雖然目的達成，但翡翠只覺手癢癢的，很想握成拳頭然後朝斯利斐爾揮過去。

不過要是再浪費時間，美食可能就吃不到了。

翡翠壓下對斯利斐爾的怨念，領著自家小精靈急忙往可可洛可奔去。

旅館老闆沒誇大其辭。

可可洛可門前眞的大排長龍，隊伍拉得極長，還一路繞過了轉角。

但好在前進速度很快，他們在最末端排沒多久，隊伍已往前消化了四分之一。

依照這個速度，翡翠猜測他們大概不用等到天荒地老，就能順利來到可可洛可的店門口。

唯一要擔心的是，輪到他們時，馬鈴薯和鬆糕的數量還夠不夠。

「斯利斐爾，拜託保佑一下啊……」翡翠忍不住雙手合十，跟眞神代理人拜了拜。

眞神都沉睡了，拜眞神代理人應該多少有點效用吧。

抱持著僥倖的想法，翡翠等人隨著隊伍往前移動，身後不知不覺又排了許多人。

排隊過程中，翡翠也不忘跟前後打聽鬆糕和馬鈴薯的特別之處。

聽說煙燻咖啡起司馬鈴薯是先用眾多香料醃過馬鈴薯，煮透後再包入山羊起司醬及碎羊肉進行煙燻。接著放入油鍋油炸，出鍋時澆淋上一層層咖啡起司，裡頭還有切碎的咖啡豆增加口感，外表看來好似一顆閃閃發亮的咖啡色寶石。

黃金乳脂鬆糕的味道雖然不若馬鈴薯那麼多層次，但它的單純滋味絲毫不遜色。麵團揉入了麥芽糖、蛋和獨家配方，塑形完先浸泡在蜂蜜水裡一陣子再送進烤箱，最後在中央的凹洞擠上一大坨香草奶油糖霜，一個美妙無比的小吃就完成了。

在當地人熱情的講解下，翡翠嘴裡的口水分泌得更多，一顆心也越發急切了。眼看再消化幾人就要輪到他們，翡翠嗅著店內飄出的食物香氣，心情振奮，一雙眼睛眨也不眨地直瞅著店面不放。

可可洛可的店面沒什麼裝飾，就連招牌也不甚起眼。要不是有人在外排隊，很容易就會忽略，並且錯過人間美味的小吃。

終於再過一位就換他們，翡翠急促地抓住斯利斐爾搖了搖，「斯利斐爾，給錢，快給錢！」

「在下已經把錢給了瑪瑙。」斯利斐爾不悅地從翡翠手指中掙脫。

「翠翠，你不用擔心。」瑪瑙將錢袋遞給翡翠，「都在這。」

翡翠打開一看，嘀咕了一聲斯利斐爾小氣鬼。

裡面錢幣的數量算得剛剛好，就只夠翡翠買四人份，想要多買一點都沒辦法。

但能吃到總是好的，翡翠埋怨了幾句又恢復愉快的心情。他看前面的女孩拿著紙袋離去，迅速地往前一步，早就醞釀好的台詞流利說出。

「我要四份馬鈴薯跟四份鬆糕。」

年輕的男店員瞠大眼睛，傻傻地望著面前的美麗妖精，一時竟忘了招呼客人。

「不好意思。」翡翠也不是第一次見有人看自己看入迷了，他笑咪咪地在店員前揮揮手，再重複一遍自己的要求，「我想要四份馬鈴薯和四份鬆糕。」

「好、好，四份……」店員夢囈般地說。下一瞬他驀然回過神，意識到自己剛才居然看人看傻了，一張臉孔不禁漲得通紅。

「小喬治，別看美人看呆了，趕緊把人家要的東西給他啊！」排在翡翠後面的客人打趣，「我們這也等著要買呢！」

「啊啊，請稍等我一下！」小喬治紅著臉鑽進店內，沒一會兒又走出來，手上拿著一個封口折起的紙袋。

翡翠鄭重無比地接過紙袋，彷彿那是再珍貴不過的奇珍異寶。

「呼……」點心拿到手，翡翠提著的一顆心才真正放下，「看樣子拜你還是有點用的呢，斯利斐爾。好啦，我們找個地方吃。」

隔著紙袋能感受到裡面的點心猶帶熱度，翡翠可不想放到涼了，讓鬆糕和馬鈴薯流失原本的美味。

找到合適的地方，翡翠迫不及待地打開紙袋，濃濃的起司焦香、咖啡味和煙燻香氣交會在一起飄了出來，其中還摻雜著一縷若有似無的牛奶香氣。

諸多氣味混在一塊，卻不會令人覺得突兀，反而更催動人的食欲。

翡翠低頭想瞧瞧煙燻咖啡起司馬鈴薯跟黃金乳脂鬆糕的真面目，卻先看到一個突兀的存在。

「咦？」翡翠伸手探進紙袋內，抽出一封信，「怎麼會有這個？」

信封上沾染到油漬，還有幾枚明顯的油指印，顯然是可可洛可的店員放進來的。

「難不成……是情書？」聯想到先前店員看自己看出神的反應，翡翠不由得冒出這般猜測，他也深信自己的美貌有這樣的魅力。

然而當翡翠將信封翻過來一看，寫在另一面上的三個字卻令他的瞳孔收縮。

就連瑪瑙和珍珠也微變了臉色。

瑪瑙更是飛快地把信封搶過，就怕翡翠打開後會有危險。

「瑪瑙你幹嘛搶翠翠的信！」珊瑚不滿地跳起，想從瑪瑙手中再幫翡翠搶回來，「上面寫著翠翠的名字耶，又不是寫你的名字！」

「就是因爲寫了翠翠的名字，才有問題。」珍珠按住像小動物急躁的珊瑚，另一手在空中虛畫幾下，「我們可是剛來這裡一天而已，爲什麼會有人知道翠翠的名字？」

淺白光芒一閃，一個小巧的屏障立刻圍在信封周圍。

那謹愼的態度，猶如是把那封信當成洪水猛獸看待。

也難怪珍珠和瑪瑙拉起高度警戒，這一切都源於信封上的那三個字。

——給　翡翠。

在瑪瑙和珍珠的設想裡，信封內說不定藏了會傷害翡翠的東西。

既然如此，就由擁有治癒能力的瑪瑙負責打開信。要是眞的受到傷害，也能第一時間爲自己治療。

翡翠豈會看不出自家小精靈的打算，他眉頭一皺，果斷地就要再次把信拿回，說什麼也不願讓任何可能的危險觸及瑪瑙。

但有人的動作比所有人都更快。

不知何時又化爲小孩模樣的斯利斐爾輕而易舉地將信抽離瑪瑙指間，從信封內拿出了一張薄薄的信紙。

「只是很普通的一張紙，沒有毒。」斯利斐爾冷靜地說，「紙上只畫了四朵花。」

有斯利斐爾的保證，眾人放下心來，但盤踞在心頭的重重疑惑還是排除不了。

「可可洛可的人，爲什麼會知道我的名字？」翡翠看著紙上畫的花朵，認不出是什麼品種，「唔嗯，看起來不太好吃……像一團毛線纏在一塊，眞的有這種花嗎？」

紙上的圖案雖說不知道是由誰繪製，但畫得栩栩如生。

四朵花長得一樣，擁有墨綠色的花瓣和圓圓的小葉片，花瓣好似諸多毛線編織纏繞，遠看就像四團深色的毛線球。

翡翠確定自己沒見過這種花，但心裡卻浮現一縷莫名的似曾相識感。

不是針對紙上的圖案，而是這種模式。

突然收到不明人士的來信，信上畫著植物圖案……

沒錯，不久前才發生過類似的事！

「啊，酒心蘋果蘑菇捲！」比起事發地點，翡翠首先想起的反倒是當時念念不忘的西點。

「您的大腦除了……算了。」斯利斐爾放棄再指責這名精靈王了。

畢竟要求一個大腦空空的人忽然間要充滿智慧，確實太過強人所難。

「是格里尼弦月區那次對吧。」珍珠補上地點。

「在香頌烘焙坊外面。」瑪瑙記得的細節更清楚。

珊瑚很乾脆地放棄挖掘記憶，反正交給珍珠他們就是了。

「這可眞奇怪……」翡翠拿著那張信紙，若有所思地盯著紙上的四朵花，想著寄信人背後的意圖。

上一回他們剛離開香頌烘焙坊，裡頭的女店員忽然追了出來，把一封信交到自己手裡，還堅稱是有人要她轉交的。

可下一瞬，那名女店員就像徹底忘記自己做了什麼事。即使詢問她信是何人交付的，也一問三不知，就連自己曾有遞信這個動作都毫無印象。

根據斯利斐爾所言，那名年輕女孩是被下了暗示。

施術者恐怕就是信的主人。

當時信紙上也只畫著名爲戈多拉的植物，沒留下隻字片語，彷彿要人猜謎一般。

最後他們是在弦月區山中找到戈多拉，同時發現花裡藏有大魔法師伊利葉的祕密。

這回的信件，是偶然嗎？

還是那名神祕人士又想藉此傳遞某種線索？

「翠翠，我回去可可洛可問問吧。」瑪瑙一心想爲翡翠分擔煩惱，「只要把剛才那人揪出來……」

「然後他肯定被嚇得什麼也說不出來。」珍珠微笑著潑了冷水，「還是我去吧，翠翠你們就在這裡等我。」

「珊瑚大人一起，負責保護珍珠！」珊瑚行動力十足，拉著珍珠的手就往來時方向直衝。

「斯利斐爾，你認識這花嗎？」翡翠戳戳紙上的毛線球。

「安古蘭。」斯利斐爾看到的第一眼就辨認出來，「生長在石縫間，四季皆是生長期，葉子能拿來敷被蚊蟲叮咬的部位，汁液若染上手，會很難洗掉。」

「雖然它看上去不怎麼好吃，不過我還是想問……」

「不能吃。」斯利斐爾冷酷地截斷翡翠未完的問句。

「喔……」翡翠滿懷遺憾地摺起信紙，打算收進自己腰側的包包裡。

沒想到袋蓋剛掀開，一團黑影如高速子彈衝撞出來，撞上翡翠抱著紙袋的另一手。

紙袋從翡翠手中脫落，即將摔落地面。

翡翠倒吸一口氣，正要搶救紙袋，卻驚見那團球狀黑影瞬間拔高拉長，下一秒赫然成了一道魁梧人形。

留著落腮鬍的男人神情狂亂，像隻剛掙出牢籠的野獸，瞧見面前有人便立即發狠撲了過去。

瑪瑙眼疾手快，一把將翡翠拉往自己身邊。

與此同時，壯漢的腳步一個踉蹌，原本來勢洶洶的壯碩身軀就像被剪斷線的木偶，直挺挺地往前栽倒。

龐大陰影籠罩於正在墜地的紙袋之上。

然後——

噗滋！

食物被壓扁的聲響再清晰不過地傳入兩位精靈的耳中。

「噢……」目睹全程的斯利斐爾發出了不知道是感嘆，抑或是幸災樂禍的音節。

「翠翠……」瑪瑙看向呆然的翡翠，又看向壯漢，罕見地流露一絲手足無措。

翡翠神情恍惚，他覺得那不單是食物被壓扁的聲音。

更是他心碎的聲音。

下一剎那，淒厲的慘叫聲迴盪在藍天之下。

「不！我的煙燻咖啡起司馬鈴薯跟黃金乳脂鬆糕——」

計畫真的總是趕不上變化。

繁星冒險團一開始是這麼打算的，先去圖書館，再去買當地特產小吃。

但出發前獲得了若太晚去買小吃就會被一搶而空的情報，於是決定更改行程順序。

然後……

然後計畫就整個毀了。

連同翡翠好不容易買到的點心們，一併毀得徹徹底底。

被那名突然大變活人的暗夜族給毀的。

那瞬間翡翠的殺意都冒出來了，雙生杖變成長槍被他握在手上，直到瑪瑙認出了那人的身分。

——加爾罕。

暗夜冒險團的一員，同時也是暗夜族王女蘿麗塔的近衛之一。

回想起加爾罕在黃石魚羊巢穴裡說過的話，翡翠的理智重新上線，原本滲溢出的殺氣也被強行按了回去。

看著倒在地上的男人，翡翠鬱悶地吐出一口氣，等珊瑚、珍珠一回來，便將人先扛回旅館去。

令人遺憾的是，可可洛可的人對那封信全無印象，甚至連是誰放進去的都不知道。

猶如格里尼香頌烘焙坊當時的情景重現。

加爾罕沒有昏厥太久，那具壯碩的身軀剛被放在床鋪上，緊閉的雙眼驀地睜開。

目光觸及陌生景象，加爾罕猛地翻身坐起，反射性就想找尋自己的隨身武器，然而探出的手掌卻摸了一個空。

加爾罕先是心頭一緊，緊接著視線與房內的翡翠等人對上，臉上流露的凶狠登時被呆愣覆蓋。

他直直地望著翡翠幾人，好一會才反應過來眼前的一切不是幻覺。

「繁星……冒險團？」加爾罕緊繃的肌肉慢慢放鬆下來，相識之人的面孔讓他意識到自己如今身處安全的環境，「你們怎麼會……是你們救了我？你是……」

最後一句是針對翡翠，他沒了與翡翠的記憶，只認出瑪瑙三人。

加爾罕聽說繁星冒險團的三名掌心妖精皆長大成人，也曾遠距離見過他們幾次，對他們美麗的容貌印象深刻，才能那麼快就辨認出人。

縱使浮光密林對外封閉，但暗夜族並沒有因而停下尋找榮光會的腳步，他們依舊鍥而不捨地追查著凶手。

加爾罕也是其中一人。

原凶千鳥獵團早已喪命，但作爲幫凶的榮光會也絕不能放過。

加爾罕攥緊拳頭，倘若不是榮光會囚禁了蘿麗塔，他的公主、他的夥伴……

也不會因此命殞在瓦倫蒂亞沙漠的黑雪之下！

雖說暗夜冒險團已失去兩名成員，加爾罕和另一名近衛佩琪也未曾想過要去華格那撤銷登記。

這對他們而言不只是種紀念，他們亦需要冒險公會龐大的情報網來協助。

「好笨喔你，這是翠翠。」珊瑚挺起胸膛，驕傲地為加爾罕介紹，「他只是眼睛換了一種……唔唔唔！」

「他是翡翠，我們的團長翡翠。」珍珠微笑著緊緊摀住珊瑚的嘴巴，阻止她洩露不該外洩的情報，「是他救你回來的。」

「團……團長？」加爾罕驚訝極了。

就他所知，繁星的團長應當是那名氣質冷冽的白髮男人。但他也只訝異一瞬而已，沒再多問。

那是別人的事務，本來就和他沒有太大的關係。

「不管怎樣，非常感謝你救了我。」加爾罕鄭重地低下頭，向翡翠致謝。

「我是在黃石魚羊的巢穴裡發現你的，你對自己出現在那的事還有記憶嗎？」翡翠問道。

加爾罕對這件事還有印象，「我是負傷時遭受黃石魚羊的偷襲，失去了反抗能力，才會被牠帶回巢裡……要是沒有你的幫忙，我大概也無法坐在這好好和你們說話了。」

「你昏過去後有說過幾句話。」翡翠把自己想了一整天的疑惑提出來，「你提到了要去救殿下，可是蘿麗塔……」

「蘿麗塔不是死了嗎？」珊瑚掙脫珍珠的手掌，心直口快地道。那雙桃紅色眸子不帶惡意，只有最單純的納悶，「珊瑚大人那時明明看到蘿麗塔跟那個金髮的男人……」

「珊瑚。」珍珠柔聲地再次打斷珊瑚，「妳去旅館外五條街外的粉紅小雞，幫翠翠買鬆糕跟馬鈴薯吧。我打聽過了，那間店可是受鎮民歡迎的第三名，可惜第二名今天沒營業。」

她不在意珊瑚過於直白的話語是否會讓人受傷，但要是導致對話無法順利進行，那可就讓人有點苦惱了。

「嗯？喔喔！」珊瑚沒多想，聽從珍珠的吩咐幾乎成爲她的本能。她拿了錢袋，如同一陣小旋風跑出房間外。

雖說不知道珍珠是何時找人打聽的，但翡翠只想說幹得好。

他朝珍珠投予了讚賞的眼神，內心忍不住期待起珊瑚的歸來。

痛失可可洛可的馬鈴薯與鬆糕後，翡翠降低了標準，只要能吃到好吃的都行。

加爾罕這時也重新整頓好心情，他看著房裡的繁星冒險團眾人，忽地起身下床，在他們面前深深地彎下腰。

「繁星冒險團，我想委託你們……」加爾罕聲音低啞，「請幫我救出蘿麗塔殿下，她還活著，她真的還活著，我親眼看到了。但是、但是該死的榮光會……」

加爾罕抬起頭，雙眼爬滿血絲，濃密的鬍子遮掩他大半表情，但遮不住眼中對榮光會的憎恨。

那眼神，彷彿只要榮光會的人出現在面前，他必會將對方千刀萬剮。

「先等一下，能不能將來龍去脈說明給我們聽。」得知蘿麗塔死而復生，翡翠心中滿滿驚詫，只想趕緊釐清現況，「蘿麗塔……真的重生了？她怎麼又會落入榮光會手裡？」

「她還沒落入榮光會手中。」加爾罕搖了搖頭，「那時候，我將榮光會走狗引開的時候，她還是安全的……我只希望現在她仍然是。」

知道自己這麼說，會讓人如墜五里霧中，加爾罕深吸一口氣，努力沉澱心神，將整件事娓娓道來。

最開始，是外面的族人傳了消息到浮光密林，說是見到疑似蘿麗塔的人。初次聽見時，被當成是糟透了的玩笑，可接著又傳來第二次、第三次……更多次。次數一旦多了，就連先前已接受女兒逝去的女王也忍不住燃起微弱的期盼。

或許……或許是眞的呢？

或許是眞神垂憐他們暗夜族，讓蘿麗塔得以再回到這個世界。

暗夜族宛如是溺水之人見到了浮木，無論消息眞假，他們都不願意放棄這個可能的希望。

暗夜族女王派出多名親衛尋找，身爲公主近衛的加爾罕和佩琪也在其中，他們分頭行動，追查任何可能的蛛絲馬跡。

最後，加爾罕率領的小隊在一座山林裡找到被兩名暗夜族保護的蘿麗塔。

他們就像是在躲避著什麼豺狼虎豹，起初見到加爾罕的隊伍還有一絲警戒，直到加爾罕等人主動露出暗夜族標誌的蝠翼。

那兩人身上負傷不少，而蘿麗塔的模樣也極爲狼狽，衣裙被泥濘染污，外表也髒兮兮的。

可是，是活生生的，有著溫度和心跳。

還會軟軟地喊著加爾罕的名字。

「加爾罕！」小小的公主殿下一見到熟悉的面孔，登時激動地撲上前，緊抓著他的衣襟不放，「是加爾罕！佩琪和伊迪亞呢？他們也來了對不對？」

乍一聽見伊迪亞的名字，加爾罕瞬間愣怔了，連淌落臉上的淚水都無法顧及。

可看著蘿麗塔天眞稚嫩的臉龐，所有字句都像鐵塊哽在了加爾罕的喉頭。

還是那兩名年輕人私下說明了狀況。

他們是生活在外地的暗夜族，先前得知公主殞命的消息，之後又聽說了疑似公主的身影出現。

他們原本以爲是無稽之談，沒想到居然眞的在準備回浮光密林的路上，遇見應該已不在世上的蘿麗塔。

王族的黃金蝠翼能讓蘿麗塔感應到族人的氣息，她立即向兩人求援。

她不曉得自己怎會突然出現在那裡，只知道一睜開眼，就只有自己一人。

她什麼都記得，唯獨不記得瓦倫蒂亞沙漠裡發生的一切。

她不記得黑雪，不記得自己和伊迪亞在那場黑色災難中喪命，一心期待能再回到家鄉，再見到她的三名近衛。

兩人不敢說出伊迪亞早已不在的事實，面對蘿麗塔好奇的追問，只能胡亂塘塞、加快腳步，想趕緊將人安全送回浮光密林。

但卻在返鄉路上遭到不明人士的追擊，好在他們碰上加爾罕的小隊。

然而敵人簡直像是嗅到血腥味的鬣狗，擊退了一波又來一波，死咬著不放，全是衝著蘿麗塔而來。

那些人的身上都別著小徽章，或是戴著刻有同樣圖紋的飾品——銀色的蛇銜著三片金葉。

那是榮光會的代表圖騰！

加爾罕不清楚消息是怎麼流出去的，也可能是路上有人看見了蘿麗塔，但他明白要是情況持續下去，只會增加危險。

加爾罕當機立斷，欺瞞敵人蘿麗塔在他所揹的包包裡，由他來當誘餌將人引走。

這個計畫是成功的，蘿麗塔等人順利脫逃。

加爾罕則在多方圍攻下陷入險境，還被識破背後的包包裡壓根沒有蘿麗塔。這完全點燃了敵方的怒火，於是更對他趕盡殺絕。

加爾罕好不容易擺脫敵人，卻一時不察，在深山野林間踩到鬆軟的土石，從陡坡上摔滾下去。

不過也多虧地勢的遮掩，很快追上來的那些人才沒發覺到他，從上方走過時，不時還能聽見對方話聲飄下。

「這下怎麼辦？沒找著人……」

「擔心什麼，另一邊也有人負責去追了。那個暗夜族的公主，別想逃出我們榮光會的手掌心。」

「確定沒問題嗎？我看那幾個暗夜族也難纏得很。」

一聲不屑的冷笑傳入加爾罕耳中。

「那群暗夜族到現在都還沒發現吧，他們選擇的路線都是我們刻意引導的。大人交代了，只要把他們逼到獅尾灣那邊的白房子村，我們的任務就完成了。」

加爾罕目眥盡裂，怎樣也沒想到就連他們的逃脫路線，也在敵人的計畫之中。

不能讓榮光會把殿下成功逼至白房子村，無論那裡有什麼，都會讓殿下身陷凶險！

直到確定那批人走遠了，加爾罕才爬上山坡。他恨不得自己能馬上告知蘿麗塔幾人敵方有詐，無奈負傷過重，途中又被埋伏的黃石魚羊偷襲。

但或許眞神還是眷顧他的，才會讓他最後不是命喪魔物口中，而是幸運地被繁星冒險團救起……

聽完加爾罕的敘述，房內陷入了片刻的沉默。

「我知道這讓人難以置信，但殿下確實是活過來了，我親手、親眼證實過的。」加爾罕以爲翡翠等人無法相信蘿麗塔再度活過來的事實。

「倒也不是這個原因……」翡翠無意識地摸了摸臉頰，他自己就是重生兩次的人了，「我只是在想，白房子村在哪裡？」

來自斯利斐爾的嘲諷下一秒如冷水潑落，「在獅尾灣附近，您剛耳朵是消失不見了嗎？」

房間裡冷不防出現其他人的聲音，讓加爾罕猛地繃住背脊，目光飛快搜尋周圍。

「囉嗦，就是不知道獅尾灣在哪裡，才會這麼問。」翡翠猛地抓下空中的光球，向加爾罕展示，「說話的是這個。」

「在下不是這個。」斯利斐爾冷冰冰地說。

「這個一樣是我們冒險團的一員。」翡翠也沒介紹太多，等斯利斐爾有意願，自然就會在加爾罕面前現出人形，「加爾罕，你對白房子村了解嗎？」

「不，我也是第一次聽說這個地方……」加爾罕面露茫然。他先前來不及打探消息就受到魔物攻擊而失去意識，再醒來，人就待在這裡了，「不過我知道獅尾灣，在洛里亞附近、偏西南的沿海地帶。」

「速度快的話，只要兩天路程。」斯利斐爾平淡補充。

「拜託你們了，繁星冒險團。」加爾罕在浮光密林見識過瑪瑙幾人的實力，無論如何都不想放棄眼前的援手，「酬勞方面絕對不是問題。」

「您怎麼看？」斯利斐爾一般不會替翡翠做決定，除非是碰到翡翠想花錢買食物的時候，那麼他就會如嚴冬般冷酷地拒絕對方的要求。

「嗯嗯……」翡翠沉吟兩聲，彷彿在思索著要不要答應。

「我們都聽翠翠的。」瑪瑙堅定地表達立場。

加爾罕深怕翡翠不同意，不待對方給出回應，急切地又說：「酬勞會以晶幣計算，另外……」

「我回來了！厲害的珊瑚大人回來了！」

閉闔的房門霍地被人自外打開，嬌小人影風風火火地跑進來，臂彎中還抱著一個大大的紙袋，從中飄散出食物的香氣。

「翠翠快看！是第三名的煙燻咖啡起司馬鈴薯跟黃金乳脂鬆糕！」

加爾罕看著珊瑚手中抱著的紙袋，腦中靈光一閃，脫口而出，「另外再加一年份的馬鈴薯和鬆糕！」

翡翠二話不說地站起。

「我答應，我們現在就走！」

翡翠這個人的信條很簡單——事關食物，就要即刻行動。

當然，也不僅僅是因爲有人願意免費提供一年份的煙燻咖啡起司馬鈴薯跟黃金乳脂鬆糕，更重要的是這件事還關係到蘿麗塔。

以及榮光會。

打從加爾罕最初提出請求時，翡翠就沒有拒絕的意思，只是想著做決定還是要冒險團全員都在場，在等珊瑚回來而已。

沒想到竟獲得意外之喜，就算說是天上砸下了鬆糕跟馬鈴薯也不爲過。

將激動之情按捺下去，翡翠沒有讓狂喜吞沒理智，反而有條不紊地和自家小精靈收拾起行李，辦理退房。

人命關天，蘿麗塔的安危爲最優先，他們說什麼都得盡快趕往獅尾灣的白房子村。去圖書館查詢等事後再回來進行即可。

出發之前，翡翠沒忘記向旅館老闆打聽白房子村的消息，但得到的只有對方的一臉迷茫與搖搖頭。

「我沒聽過這村子。」老闆困惑地說，「從我們這裡離開往西南方走，是能到獅尾灣沒錯……但那裡有村莊嗎？我不太清楚，你們可能要再問問其他人。」

正巧有支小型商隊前來投宿，體格壯碩的男人聽見翡翠他們與老闆的談話，忍不住插嘴說道。

「沒有、沒有，獅尾灣那邊沒村子的，這點我可以保證。我們上個月才從那邊經過，一片荒蕪。」

「沒錯，標準的鳥不生蛋！」商隊的另一人哈哈笑著，「除非你們想去那邊撿貝殼，那裡挺多星貝的，味道滿不錯。」

「你們確定那裡眞的沒有村莊？」加爾罕不死心地追問。

他當時聽得很清楚，榮光會一路追捕他們，爲的就是要將蘿麗塔逼至白房子村。

兩名商人對此萬分篤定。

「那你們有聽過白房子村嗎？」翡翠換了個方式問。

商人還是搖搖頭。

「白房子村？」旅館一樓也經營酒館，坐在裡頭喝酒的一名白髮老人忽地抬起頭，

「誰在說白房子村？」

他的年紀看起來很大了，皺紋爬滿他的臉，可一雙眼睛仍是炯炯發亮，握著酒杯的手也沒有一絲顫抖。

「菲力普老爹，你知道嗎？」老闆驚訝地看向那名鎮上最年長的老人。

「白房子村啊……」菲力普老爹重複了一遍，「好久沒聽人提起這地方了，小時候曾聽我爺爺告訴我，以前有座白房子村，離我們這不太遠。那地方的屋子都是磨了星貝的殼去蓋的，屋頂特別白、特別亮，村子才會叫那個名字。」

「您說以前？」翡翠沒漏聽關鍵字，「現在沒有了嗎？」

菲力普老爹喝了一大口酒，咂咂嘴，慢吞吞地把話說完。

「很久以前就被海嘯淹沒，全都沒囉，整個村莊都沒有囉。」

# 第4章

「白房子村？」

聽到這個有些陌生的字詞，坐在馬車裡開起小會議的桑回跟卡薩布蘭加面露疑惑。在兩人面前，或說車廂內的木板上，還浮現了此時遠在馥曼分部的另一名負責人身影。

卡薩布蘭加正利用通訊魔法，與另一端的鬱金進行聯繫。路那利在外駕車，對這群負責人的聚會丁點興趣也沒有。

「啊，白房子村。」金髮少年拉緊身上的紅斗篷，凌亂的金燦劉海遮住他的眼睛。他低垂著頭，臉上架著一副大大的眼鏡，鏡片後的眸子正聚精會神地凝望面前的鮮紅蠟燭。

艷麗的燭身在自身微小焰火的照耀下，於黑暗中突顯出一股難以言喻的詭譎。

明明是大白天，但鬱金把自己關在一處封閉的小房間裡，拇指大的火光是這裡唯一的光源。

火光將那張年少的面容映得明亮之餘，也流露出一絲古怪。

如果再仔細一觀，就會發現鬱金身後的壁面上書寫著狂亂潦草的符文。它們隱隱泛著碧螢光澤，彷彿是在夜間現身的幽幽鬼火。

所有元素加在一起，不由得令人毛骨悚然。

但在卡薩布蘭加眼裡，就只是再普通不過的布置。

「先不管白房子村還是黑房子村，鬱金啊，都說了多少次別把自己關在放掃除用具的儲藏室。那裡空氣不流通，你又點了蠟燭，嘖嘖……要知道，你之前可是有好幾次在裡面被熏得昏過去，還是我救你出來的，現在公會沒其他人，你要是出事的話……」

「哼，妳擔心我啊？」鬱金極力掩飾自己的愉快，但嘴角還是不受控制地翹起。

「不啊，我擔心的是灰罌粟一知道你出事就跑過來，把你的骨頭拿去做成她的寵物。」卡薩布蘭加直率地說，「同事一場，你覺得我是答應她呢？還是答應她呢？」

「咳咳，聽起來答案都一樣。」桑回有氣無力地指出重點。

「妳怎麼可以不擔心我！妳這個女人，說那麼多居然不是擔心妳重要的同伴的安危嗎?」鬱金像被踩到尾巴的貓，要是有一身皮毛，這時候鐵定全都豎起，「虧我還特別聽妳嘮叨那麼多!」

「別忘了白房子村……」桑回努力拉回眼看要遠離到天涯海角的話題，「鬱金，白房子村怎麼了?我總覺得好像在哪聽過……」

鬱金正正神色，假裝方才不曾痛心疾首地指責卡薩布蘭加的無情，「我們之前在馥曼就確認過了，萊恩說的地方並沒有村落。他醒了後我又去見過他幾次，當時約翰冒險團是趁夜逃離，因此萊恩對村子的模樣也沒太深印象。不過他有提到一點，他說回過頭看的時候，似乎看到屋頂在發光，像細沙一樣的點點白光。」

「屋頂……在發光?」桑回訝然地重複這幾個字，進而推論出更多線索，「普通屋頂不會發光，這表示那裡的屋頂應該是使用特殊建材。夜光菊?不，不對……」

桑回立即推翻自己的猜想。

雖說夜光菊會在黑夜裡散發光芒，但光芒是藍白色，辨識度相當高。

卡薩布蘭加也列舉數個能在黑暗中自主發光的物品，但每說出一樣，又搖了搖頭，否定答案。

「我可是查出來了。」鬱金的貓兒眼熠熠生輝，裡頭是藏不住的得意，彷彿身後若是有條尾巴，立時就會翹得高高的，「最符合的材料是星貝。」

「等等，星貝？」桑回像是被觸動記憶。

他知道這種貝類，這是獅尾灣那帶的特有品種。也曾聽聞有地方會將星貝的殼磨成砂，融入建築物的塗料裡。

下一瞬，桑回瞳孔凝縮。他想起白房子村了，也弄懂鬱金提及這處的眞正意思。

「萊恩說的村子，難道就是白房子村？」

「慢著、慢著！」卡薩布蘭加也想起來了，她瞠圓一雙眼睛，不敢置信地說道：「那個白房子村？早就滅村的那個？」

不能怪桑回和卡薩布蘭加聽見這地名時，沒有第一時間想起。

他們再怎樣也不會將萊恩提及的村子，和他們所知的「白房子村」聯想在一塊——畢竟後者早在一百多年前就被海嘯吞得一點也不剩了。

白房子村已成爲歷史上的一抹痕跡。

欣賞夠兩名同事的驚愕表情，鬱金繼續說了下去，「雖然聽起來匪夷所思，但根據萊恩提供的情報，只有白房子村符合他的描述。」

「小鬱金，你自己聽聽你說的，你相信嗎？百年前就沒了的村子，再度出現在獅尾灣？」卡薩布蘭加情緒一有明顯起伏，話不自覺變得更多。

「一個多月前我才去過那，爲了某個小可憐占卜時需要用到的星貝。我可是親眼見證過那裡什麼也沒有的，別說是村莊，連個屋子都沒有。在這麼短的時間平空冒出一座白房子村，除非是眞神的奇蹟，又或者是……」

卡薩布蘭加眉眼間慣有的爽俐笑意消隱得一乾二淨，那雙灰色眼眸在這一刻凌厲如刀。

「人爲的陰謀。」

輕輕的幾字落在馬車內，猶如石頭墜入平靜的池面，掀起一圈圈漣漪。

「我們先假設，咳咳咳……」桑回咳了一會才緩過來，「榮光會在短時間內重建出一座白房子村，可是目的爲何？不管他們要做什麼實驗，甚至是將那些被囚禁的冒險獵人當成奇美拉的養分，都沒必要再重現白房子村。」

桑回提出的疑問，也是卡薩布蘭加和鬱金都想不透的地方。

無論他們從哪個方向思考，都找不到建造白房子村的必要性。榮光會更需要的是一個祕密基地，而不是大剌剌地對外展示他們的行蹤。

「我翻過資料，以前的白房子村就只是再普通不過的小村子，這讓人難以理解榮光會在想些什麼，也許他們的老大撞壞腦袋吧。」鬱金刻薄地吐出評論，「但不管如何，你們都務必小心一點。尤其是妳，卡薩布蘭加，不要一看到活人就想衝上去把人逮住，然後對人碎唸個不停。」

「知道啦，小鬱金你眞囉嗦，我會努力克制住的。」卡薩布蘭加懶洋洋地說，「你這樣好像老媽喔。」

「這都是誰害的啊！」鬱金被卡薩布蘭加的態度氣得想跳腳。

不，冷靜點……不能輕易被這個女人氣死，不然太不划算了！

鬱金做了幾次深呼吸，決定別讓自己的步調被卡薩布蘭加牽著走。他知曉通訊魔法不宜維持太久，否則對方的魔力會過度消耗。

要是途中碰上什麼意外，些許的魔力差距都可能讓卡薩布蘭加陷入危險當中。

「我來替你們占個卜吧。」鬱金不容置喙地宣布，他面前的鮮紅蠟燭就是這次的占卜工具，身後的圖紋則是增強力量的法陣。

裹著紅斗篷的金髮少年開始低聲喃誦晦澀古怪的字眼，它們飛快地在幽暗空間內迴繞，形成奇異的鳴響。

即使是透過通訊魔法傳遞來的畫面、聲音，也能感受到那股奧祕的力量。

原本細如拇指的燭火霎時爆發出驚人光芒，大亮後又迅速收斂，取而代之的是煙氣瀰漫。一股股白色濃煙飄繞在鬱金身周，簡直要將那具纖細的身子吞沒其中。

「遠古的存在，令人畏懼又膽顫的黑暗……請破開路上的迷霧，將此路盡頭的未知呈現至我的面前。在大地之下，在深淵之中，悠長的鳴聲響起……啊啊，我聽見了，我亦看見了……」

鬱金身子顫慄，削瘦的肩膀抖動，在他被煙氣侵佔的視野中霍地浮現出令人不安的景色。

「是凶兆，有凶兆降臨！天空將被冰冷的黑暗吞食，比夜色更深沉的漆黑將飄落大地！」

原本行進中的馬車冷不防停下，這讓卡薩布蘭加一時分神，魔力的供給頓時變得不穩，連帶也影響到通訊魔法的運作。

投映在木板上的畫面邊緣泛起銀色，逐漸地將原本的色彩吞吃進去。

鬱金的聲音此時越發嘶啞，彷彿更像是獸類，而不是少年該有的嗓音。

「無人可以脫逃，灰燼是最後的去路，那是避無可避的黑色災——啊啊啊！我的臟腑被毒蛇鑽進，看不見的骸骨在勒緊我的脖子，搗住我的鼻子——」

在尖銳的慘叫聲中，卡薩布蘭加長長地嘆了口氣，「你又要把自己嗆死了，小可憐，快離開那個窄得過頭的儲藏室吧。」

幾乎是她的話聲剛落下，車廂外便傳來了敲門聲，木板上的銀色也覆蓋整個畫面，轉瞬消失不見。

卡薩布蘭加結束了通訊魔法。

「咳，鬱金不會有事吧……」桑回還眞擔心自己的同事被嗆暈在儲藏室無人發現。

「別擔心，我們公會裡的那堆植物不只是長好看的。」卡薩布蘭加由衷認爲那些陰森又陰沉的烏黑花朵相當賞心悅目，「它們還相當能幹，要是發現哪邊冒出太多煙，就會趕緊把門窗打開，順帶把昏迷的鬱金拖出來。當然有時候可能太粗暴了，導致鬱金衣衫不整，不過我都知道他內褲是什麼顏色了，這點小事我相信他不會介意的，就算介意那也是他的事囉。」

桑回默默地同情了鬱金一把，同時再次深切體會到自己的兩名同事真是善良體貼又溫柔。

車外的敲門聲二度響起，這回不待他們有所反應，車門已被人逕自打開，一張嬌艷如玫瑰的臉龐映入桑回和卡薩布蘭加眼中。

路那利對男人的慘叫毫不關心，也沒興趣在意先前車廂內究竟發生什麼事。

那雙水色眸子與車內兩人對上，白如新雪的指尖上棲停著一隻剔透的水蝴蝶。

「我的蝴蝶回來通報消息了。」

水之魔女言簡意賅地說。

「更前面有個都是白屋頂的村莊。」

路那利原本想在洛里亞和桑回二人分道揚鑣。

但在得知對方這趟的意圖後改變了主意。

榮光會。

路那利在心裡咀嚼著這幾個字，從笑容裡滲出的寒意越來越懾人。

若是以前，這個主宰瓦倫蒂亞黑市的組織並不能引起路那利的關注。可在他們進行了奇美拉實驗，還將技術傳給慈善院，最後導致翡翠在慈善院的浮空之島上殞落後……

路那利就記恨上榮光會了。

而既然自己曾對翡翠說過，等他準備好，他就會再一次出現於對方面前。

那麼，就把榮光會在獅尾灣的據點作爲禮物吧。

破壞了榮光會的好事，他的小蝴蝶肯定會很高興的。

日光正好，金光穿過樹梢葉隙之間，在地面投映下大片光斑。

路那利派出去的水蝴蝶拍振著翅膀輕盈返回，身上的水珠欲墜不墜，在陽光下有若閃閃發亮的剔透碎鑽。

接收到水蝴蝶傳遞而來的訊息，路那利鋒利的眉梢挑揚起來。

無視車廂內傳出的淒厲慘叫，他走下馬夫座位，屈指敲敲門板，將前方有座滿是白屋頂房子的村莊的消息告知車內兩人。

然後就看見兩名負責人臉上閃過一瞬錯愕。

「白房子村……居然眞的存在啊。」卡薩布蘭加嘴上呢喃，手上動作卻沒閒著。她握著那根像是枯木的法杖，如音樂指揮般舞動，接著便從身下冒出數條綠藤，飛也似地開始打包起車內的行李。

「那座村子有什麼問題？」路那利一見卡薩布蘭加的舉動，就知道接下來他們要改爲徒步前行，以免打草驚蛇。

「咳，獅尾灣以前確實有一座白房子村。」桑回搶在卡薩布蘭加說明前開口，「和你描述的一樣，那裡的屋子都有白屋頂，只不過在一百多年前就被海嘯吞沒……而在一個多月前，獅尾灣應該是沒有任何聚落的，那裡不過是一片荒地。」

「所以說啦，果然是人爲弄出來的。榮光會重現一座白房子村究竟想幹嘛，太讓人猜不透了。」卡薩布蘭加抓住桑回停頓的空隙，見縫插針，「路那利，你的蝴蝶還看到了什麼？有發現榮光會的人嗎？哎，你這蝴蝶眞好用，可惜我是木妖精不是水妖精，不然就能試著弄幾隻來玩了，或者……」

卡薩布蘭加的眼神轉至桑回身上，像在打著什麼主意。

「妳想都別想。」與這名木妖精認識那麼多年了，桑回怎會猜不出她在打什麼主意，「我可不會飛。」

「嘖，好無聊的一隻羊。」

「村裡目前狀況如何？」桑回不理會對方的嫌棄，免得這場對話沒完沒了。

「很正常。」路那利只挑了一些必備的生活用品，其他奢華的器具擺設全留在馬車上，「非常、非常平凡的一個村子。」

桑回和卡薩布蘭加不約而同地頓了下，就連幫忙打包行李的綠藤都一併停在半空。

「不會是我想的那個意思吧……」卡薩布蘭加眉頭狠狠擰了起來。

「我不知道妳想的是什麼意思，但從蝴蝶的反饋來看，那就是一個正常又普通，還能見到很多村民的村莊。」路那利淡然說道：「就像在洛里亞見到的情景一樣。」

桑回和卡薩布蘭加對視一眼，在彼此眼底瞧見了驚疑。

怎麼回事？怎麼會是普通的村莊？

萊恩不是說那裡是座廢棄村子嗎？

榮光會在那裡，究竟做了什麼？

想要解除心中的疑惑，最快的方法就是親眼目睹。

在桑回他們的預想中，即便榮光會眞的重建了白房子村，那也應當是個防守嚴密、不容輕易靠近的據點。

可依照路那利所說，那裡就是個再普通不過的村子。

待在村裡的也像是本地人，男女老少都有，不見有人佩戴武器。

聽起來，竟是一點異樣也沒有。

然而這種平常，從桑回他們的眼中看來，就是最大的不尋常。

隨著在白日下閃著微光的潔白屋頂出現在遠方，白房子村也正式進入了幾人眼內。

妖精族和幻羊族的感官優於常人，即使隔著大段距離，桑回與卡薩布蘭加也能看見村子邊緣的動靜。

幾名村人聚在一起，可能是聊天，也可能是在商討什麼重要的事。他們服裝簡樸，皮膚曬得黝黑，絲毫沒有察覺遠處有人在注意他們的一舉一動。

「路那利，讓你的蝴蝶再進去一次吧。」卡薩布蘭加沒看出任何不對勁，但只要想到這裡是萊恩說的榮光會據點，心中的警戒怎樣也抹消不掉。

路那利沒有拒絕，他伸手往髮間一撫，停在上頭作爲飾品的水蝴蝶登時動了。藏在日光中的水蝴蝶讓人難以察覺存在，它敏捷地飛過幾名村人頭頂，深入了白房子村內部。

一會後，水蝴蝶又優雅地飛回來，將所見所聞全都轉知自己的主人。

與先前傳達的訊息相差無幾。

平凡、祥和，看不出危險之處。

「這可眞是……太奇怪了哪。」聽完路那利的轉述，卡薩布蘭加沉吟半晌，「桑回你怎麼看，直接走進村子裡？或是……」

「也沒有，咳咳……或是了吧。」桑回的拳頭抵著唇，控制不住的咳嗽聲逸出，「不進去村裡，我們也無法弄清眞相。」

「唔嗯嗯嗯嗯，這倒是無法反駁，所以貼心又聰明的我早就做好準備了！」卡薩布蘭加出其不意地從包包中抽出三條灰撲撲的大斗篷，「來吧，快把它披上去，這樣才能讓我們低調一些。先不管桑回你本來就很樸素，但你的臉頰太蒼白反而容易引人注目，還有水之魔女……」

「我拒絕。」路那利厭惡地看著那件完全不達他審美標準的斗篷，「這品味太差了，我無法接受。」

「不能接受也得接受唷。」卡薩布蘭加絲毫不在意路那利強硬的態度，笑嘻嘻地把斗篷強行塞至對方懷裡，在對方要把斗篷扔下地之前，又悠悠然地補了一句，「繁星冒險團跟榮光會也有仇嘛，你身為繁星的一員，難道不想替翡翠他們先打探消息？」

事關翡翠，果然讓路那利動作一頓。

他面無表情地盯著那件毫無品味的灰斗篷，接著裹上身，遮住一身華美的裝扮。

三人兜帽一拉，蓋住半張臉，原本醒目的外表瞬間低調了不少。

雖說先前有水蝴蝶幫忙探路，也得到了前方沒有危險的情報，但三人還是維持著高度警戒，一步步走進了白房子村。

混著星貝砂粉的白色屋頂在午後陽光下閃爍著碎光，垂掛在屋簷下的貝殼風鈴隨著微風發出清脆的聲響，空氣裡嗅得到揮之不去的海腥味。

卡薩布蘭加無意識地舔了舔嘴，感覺自己的唇上好似都能嚐到一絲鹹味。

白房子村內的氣氛的確是十分平和，村裡的人步調悠閒地做著自己的事，誰也沒有對突然出現的三位旅行者投予好奇的一眼。

孩童嘻嘻哈哈地玩鬧，跑過桑回他們身側，對陌生人視而不見；攤子前的客人正和小販討價還價，講得口沫橫飛；也有村人三三兩兩聚在一塊聊天，不時哈哈大笑。

所有人都像沒注意到桑回三人，好似這幾個外地人與他們的生活毫不相關。

這種平靜反而透著詭譎。

太不對勁了，村人們不像是故意無視，更像是……

卡薩布蘭加率先踏出步伐，迎上前方一名中年婦人，「打擾了，請問這附近有旅店嗎？」

婦人似乎沒聽見，連眼神都沒往卡薩布蘭加望去，自顧自地走掉。

如果只有一人是這樣的態度還可以說是偶然，可是接下來的第二人、第三人……無論卡薩布蘭加找上哪個村人，他們都對她視若無睹，彷彿不曾聽到她的聲音，更別說是瞧見她這個人。

不，不僅是卡薩布蘭加。

桑回和路那利同樣被忽視了。

但村人又能在即將撞上他們之際，無意識地自動閃躲。

一旦強行抓握住村人的手臂、肩膀，他們的表情就瞬間變成空茫，宛如人偶。

然而他們確實有著呼吸、心跳、溫度。

不管怎麼看，都是活生生的人。

沒人知道榮光會到底對他們做了什麼，又是如何做到的。

「這下可眞的是，夠麻煩了……」這股怪異讓見多識廣的卡薩布蘭加忍不住吐出一大口氣，只能全盤推翻原本擬定的計畫，「沒辦法找人打聽事情了，我們得換個方向下手。」

「無法針對人，那就從這個地方、這個村莊調查起吧。」桑回低聲地說，「看看這裡除了人之外，還有哪些異常之處。」

卡薩布蘭加對此自然沒意見，她的目光移向路那利，也想聽聽這位前神厄成員的看法，「路那利，你對這裡怎麼看？」

「再也沒有比這裡更適合爲所欲爲的地方了。」路那利嫣然一笑，笑容卻是冰冷又滿懷惡意，「這些人看不見外地來的我們，又毫無反抗之力。雖然不知道白房子村是怎麼回事，可如果我是榮光會的人，當然會逮著機會，盡情蹂躪破壞這裡的一切。」

「喔……」卡薩布蘭加拉長了尾音，「那如果換成水之魔女本人呢？」

路那利輕蔑一笑，「我是這麼沒品味的人嗎？這裡可不值得我出手。至於榮光會那群低俗的蟲子可就不一定了，也許我們很快就能知道他們的意圖。」

簡直像在印證路那利的話，祥和的村莊裡突然傳來一陣獸吼。

那聲音聽起來有段距離，起碼離三人有好幾條街遠。

桑回他們心中一凜，立即要趕去吼叫聲的來源處。可還沒跑出幾步，又一道嘯聲打破了此地原本的平靜。

從聲音的響亮程度判斷，對方離他們不遠，甚至稱得上極近。

而且猛獸的體型只怕不小，甚至可能是比尋常野獸更危險的魔物。

桑回等人繃緊了肌肉，手按上兵器。

與他們的警戒相反，路上村人如同無感，仍舊各自做著各自的事，渾然不覺有危險逼近。

下一剎那，吼叫聲的主人出現。

牠躍上一處白色屋頂，居高臨下地俯視著底下往來的人群。

那是一隻乍看下像是藍色獅子的魔物，體型比尋常獅子大上好幾圈，就連腦袋也多上兩顆。頸間的深色鬃毛讓牠看起來像披著又厚又蓬的黑圍巾，鼻間噴出的氣息摻雜著些許燃動的小火星。

「深焰藍獅？」卡薩布蘭加試圖從幾項顯著的特徵判斷魔物的種族，可隨即又推翻了自己的說法。

「爪子數目不對，深焰藍獅是五趾，但眼前這個……咳咳……」因為被擋在掌後，桑回的聲音顯得悶悶的，「只有兩趾。還有……」

不待桑回說完，更多隻眼睛在巨獅的三顆腦袋上睜開。

每一顆獅頭上赫然各有五隻眼睛。

「我可從來沒聽說過深焰藍獅有那麼多隻眼睛。」卡薩布蘭加抽出字符，俐落地貼至法杖上，腳下影子瞬時出現翻湧綠藤。

一個答案同時躍上三人心頭。

那不是普通魔物，分明是──

奇美拉！

奇美拉的十五隻眼睛轉動著，緊接全盯住了同一目標，深黝的瞳孔倒映出桑回三人的身影。

下一剎那，那隻奇美拉的三張嘴中發出駭人吼聲，龐碩的身子自屋頂一躍而下，朝桑回他們疾奔而去。

卡薩布蘭加的綠藤快速增長，猶如多條繩索往前飛竄，只要奇美拉再往前衝刺，就會被纏住四肢和身軀。

不料以為要直衝過來的奇美拉竟是猛地扭轉身勢，尾巴一甩，纏捲住一個村民，三顆碩大的腦袋同時張開嘴。

大股鮮血噴灑，濺上了路面、一旁的攤子，還有幾滴血珠飛射到另一人臉上。

但村民對這血腥的一幕毫無所覺。

沒有反擊能力、也看不見奇美拉的男人就這麼被咬成數截，變成鮮血淋漓的肉塊，幾個咀嚼後就被一口吞進肚子裡。

卡薩布蘭加當場罵了髒話，隨後是成串咒語飛速流瀉。

更多翠碧藤蔓湧出，像是無數鞭子，張牙舞爪地衝向了那隻奇美拉。

奇美拉正想如法炮製攻擊下一個村人，逼至耳邊的破空聲讓它直覺往旁閃避。然而剛彎曲四肢準備蹬跳，卻發現竟是動彈不得。

在它沒有察覺之際，寒冰已無聲無息地沿著地面來到腳下，直接把那四隻粗壯的腳都凍覆在冰裡。

被限制住行動讓奇美拉眼裡燃起怒火，三顆獅首一致打了個響鼻，本來隨著呼氣噴出的小火星變成三束熾烈火焰，對著身下冰柱掃射。

但飛射而來的藤蔓可不會給奇美拉掙脫束縛的機會。

在卡薩布蘭加的操縱下，藤鞭迅雷不及掩耳地纏繞住奇美拉的頸項、肚腹，毫不留情地狠狠絞緊。

劃破空氣的多道利光緊接到來。

筆刀精準地刺穿奇美拉的多顆眼珠，痛苦的嚎叫響徹街道。

劇痛讓奇美拉想要滿地翻滾，連噴吐的火焰也跟著中斷。但綠藤和寒冰困住了它，也讓它無意間將致命的弱點暴露在桑回眼內。

對桑回而言，只要一剎那的空隙，就足夠他迅捷收割獵物的生命。

寒光再一閃，筆刀割破奇美拉的脖子，拉出一大道裂口，鮮血如泉水嘩啦灑落。沒有被筆刀刺穿的幾隻眼睛逐漸黯淡，最終失去了生命的光芒。

給予奇美拉致命一擊的砂金髮色男人還是那副病懨懨的模樣，偶爾喉嚨竄上癢意還忍不住咳了咳。他摀著嘴，慢吞吞地拾回筆刀，彷彿剛才出手狠辣的人不是他一樣。

周圍還是一派和平，與一地的血淋淋無疑成為極端對比。

卡薩布蘭加留意過了，村民依舊像是看不見發生了什麼事，還有人踩過亡者遺留的血泊，在路上留下一串醒目的紅鞋印。

村人們彷彿徹底無視了此處發生的異常。

卡薩布蘭加召回藤蔓，讓它們溫馴地棲停在自己腳邊。縱使順利解決這隻奇美拉，她也沒有放鬆戒備。

路那利隨意往空中比了幾個手勢，數隻剔透的水蝴蝶登時成形。

它們拍拍翅膀，朝著不同方向飛去，替主人查探四周狀況，確認是否還有敵人。

沒多久，一隻水蝴蝶飛了回來。

它的翅膀拍得比平常還要急促，身上的水珠也掉得格外多，似乎急切地想向主人回報某種訊息。

水蝴蝶停在路那利抬起的手背上，逐一傳達所見所聞。

路那利眉毛揚起，「有個奇怪的、小小的、會動的東西，在往我們這邊靠近，這是我的蝴蝶說的。倒是沒有再看見奇美拉。」

「會動的、奇怪的……還小小的？」卡薩布蘭加被挑起了興致，「這是什麼最新的猜謎嗎？但感覺很多東西都符合呢，要是那隻咒殺兔子也在，它就滿足了這三項特徵。欸欸欸欸？該不會眞的是那隻兔子吧，基於同伴情偷偷尾隨，跟在我們的後面？」

「除非它缺錢或被人追殺，不然思賓瑟是不會跟上來的。」路那利一針見血地說，「況且我的蝴蝶也認得出它的模樣。」

「咳，那究竟是……」桑回沒把話說完，他驀地轉頭看向某個方向。

就在上一秒，他眼角餘光捕捉到一抹快速移動的小巧身影。

是真的小，估計不到他膝蓋位置，還具有人形輪廓。

桑回握住一柄筆刀，只要情勢不對，就能用最快速度揮出攻擊。

察覺到同伴的動靜，卡薩布蘭加當即意會到附近恐怕有什麼在接近他們。她沒有將時間浪費在喃誦咒文上，而是又在法杖貼上了一張字符。

可令人意外的是，正當他們做足了隨時再來一場戰鬥的準備，那個據說小小、奇怪還會動的東西，反倒是主動暴露了。

「這裡！這裡！」稚嫩的喊聲飄出，像在努力彰顯自己的存在。

那聲音真的太微弱了，如同是小動物在嗚嗚叫。

假如不是桑回和卡薩布蘭加聽力格外靈敏，也許就錯過了。

他們循聲轉頭，兩雙不同顏色的眼瞳同時染上震驚。

有道小小的人影從牆角後探出不到巴掌大的臉蛋，穿著華麗細緻的洋裝，暗紫色的長髮柔順地披散，有幾束綁成複雜的髮辮，上頭盤著精美的花飾，一雙銀星似的眼眸正眨巴眨巴地瞅著桑回幾人不放。

在場三人都認得那張臉。

尤其是華格那公會負責人的桑回，絕對不會認錯。

那是隸屬華格那暗夜冒險團的蘿麗塔。

在數個月前應該已經命喪於黑雪之下的暗夜族王女……蘿麗塔。

紫髮銀眸的小女孩此刻正活生生地站在面前，雪白的手背上不見黑紋的存在，這代表她沒有遭受黑雪的入侵。

但是，這怎麼可能呢？

明明應當死去的人，居然再一次出現在他們眼前！

太多疑惑匯集在一起，如同大片烏雲籠罩在桑回等人的心頭上。

「妳……」就連卡薩布蘭加一時也忘記了嘮叨，只能怔怔地吐出一個音節，懷疑自己是不是看到了幻覺。

桑回和路那利最快反應過來，他們畢竟經歷過翡翠死而復生的事，蘿麗塔的復活反而讓他們格外容易接受。

蘿麗塔仰視三人好一會，像在確認什麼，緊接著她的眼裡亮出燦若繁星的光芒。

「是桑回、桑回，還有不是女人的水之魔女！」嬌小如洋娃娃的小女孩再也按捺不住興奮，興高采烈地飛奔出去。她靈巧地閃過村民的雙腳，來到桑回幾人面前。

似乎是覺得自己太矮了，蘿麗塔握緊小拳頭，臉蛋繃住，然後背後「啪」地冒出了一雙金色的蝠翼。

有了翅膀，蘿麗塔馬上飛離地面，來到與三人平視的位置。

「你們好，好久不見，你們有看到加爾罕嗎？我一直在等他。」蘿麗塔軟聲問著，銀眸繼而轉向對她來說極爲陌生的卡薩布蘭加，「沒看過的綠綠妖精，妳是誰呢？」

「妳好啊，暗夜族的殿下，我是馥曼分部的卡薩布蘭加，我們是第一次見面吧。妳怎麼會自己一個人在這裡呢？沒有其他人跟著妳嗎？」

卡薩布蘭加伸出手，握住那隻小而軟的手掌搖了搖。

「我們來的路上沒見到妳說的那個人，他發生什麼事了？妳和他走散了嗎？妳爲什麼會在這個地方？哎不過妳眞的好可愛啊，眞的好像洋娃娃一樣，妳要不要乾脆轉來我們馥曼分部好了，我們這……」

「夠了，卡薩布蘭加。」桑回不得不強行出聲，否則只怕會沒完沒了。

蘿麗塔顯然也是初次碰到話這麼多的人，她眼神茫然，已被那一大串話給繞暈了。好不容易回過神，她看著地面的大灘血漬和魔物屍體，「你們殺死奇美拉了啊？喬納爾說那個醜醜的魔物就叫奇美拉，很凶很可怕，會吃人，你們應該沒人被吃掉吧？」

「不，我們沒有受到傷害，但有位村民來不及閃躲……」縱使見慣了生死，但不代表桑回能對一條無辜生命的逝去無動於衷。

「別在意、別在意，他沒有眞的死掉啦。」蘿麗塔卻給出令人震驚的回答，「他明天就會再活過來啦，這村子的人都這樣呢。」

「什……」桑回不禁愕然，瞬間還以爲自己聽錯了，但兩名同伴難掩訝異的神情說明了並不是聽錯。

「不相信的話，你們可以隨便殺個人試試看喔。」蘿麗塔眨著銀眸，甜軟地建議，「隔天就會活過來了。蘿麗塔在這裡見過好幾次，我們也不知道爲什麼，但眞的就是這樣啦。」

或許是遭受到過度衝擊，卡薩布蘭加反而陷入沉默，許久都沒有開口。唯獨一雙灰眼睛直勾勾地盯著蘿麗塔不放，那片煙灰色深處彷彿蘊藏著不爲人知的情緒湧動。

不待蘿麗塔再出聲，急切的腳步聲猝然進入桑回他們耳中。

「殿下！」一名年輕男人心焦地闖入桑回幾人視野，一瞧見蘿麗塔，臉上的倉皇散去，可緊接著看見的三條人影讓他瞬間浮上警戒。

深怕陌生人會對公主殿下有所不利，年輕男人一個箭步上前，想要將蘿麗塔搶回來護在懷中。

然而一根枯木法杖擋下了他的行動。

「冷靜，年輕人要冷靜。」卡薩布蘭加笑嘻嘻地說，「我們可不是敵人，沒看到你的公主殿下都沒表態嗎？」

「殿下？」年輕男人沒有放下戒心，反而更加提防地望著桑回等人。

「卡薩布蘭加說的沒錯……咳咳……咳咳咳，我們不是敵人、」桑回主動表明身分，「我們是華格那和馥曼公會的負責人，我是桑回．伊斯坦，那位是卡薩布蘭加，這一位則是與我們同行的華格那冒險獵人，我們是追查榮光會的痕跡才到這地方來的。」

「對對，他們是蘿麗塔認識的人喔，喬納爾可以安心。」蘿麗塔拍拍翅膀飛到桑回肩上，用舉動表示他們是可以信任的。

喬納爾眼中的敵意頓時消散，「是我冒昧了。不過殿下，您不能拋下我們亂跑，這樣很危險。」

「對不起啦，喬納爾。」蘿麗塔也知道自己莽撞了，細聲細氣地道歉，「等回去浮光密林後，我請你喝兔兔牌番茄汁。伊迪亞和佩琪他們那邊有很多，我可以偷偷地、偷偷地，抱個一瓶、兩瓶、三瓶……」

「伊迪亞？」這人名讓路那利不禁出聲。

「對呀，伊迪亞，我的近衛，很厲害的喔。不過佩琪更厲害，會拿法杖用力敲他的頭呢。」蘿麗塔搖頭晃腦地說，沒有察覺眾人的表情變化。

桑回和卡薩布蘭加心頭一驚，他們都看過黑薔薇保存在映畫石裡的影像。

當時在瓦倫蒂亞沙漠，伊迪亞確實是跟著一起……

但從蘿麗塔的言行來看，她像是不記得曾發生在瓦倫蒂亞沙漠的一切，連帶也遺忘了伊迪亞不在人世的事實。

注意到桑回面上一閃而逝的訝然，喬納爾連忙朝他們投予懇求的眼神。

請別告訴殿下。趁蘿麗塔沒發現，喬納爾無聲地以嘴形表示。

見狀，桑回心裡也有底了，「蘿麗塔，我們先送妳回妳的護衛身邊吧，你們總共有幾人在這？」

「一、二、三、四、五……」蘿麗塔認眞扳著手指，「加上蘿麗塔，我們有六個人在這。要是加爾罕也在這裡，那就是七個人了。可是，加爾罕還是不要過來比較好。」

「爲什麼……咳，這麼說？」桑回不解。

就他所知，蘿麗塔和她的近衛們一向感情要好。

另外兩名近衛不在身旁的情況下，她應該更渴望見到加爾罕才對。

蘿麗塔天眞無邪地說，「因爲進來這個都是白房子的村莊後，就出不去啦。」

# 第5章

烈日之下，繁星冒險團正在前往白房子村的路上。

只是相較於當初抵達洛里亞時的輕快，此刻翡翠心裡像被壓了一塊沉甸甸的石頭。

誰也沒有想到會在洛里亞獲得令人意外的壞消息。

榮光會成員提及的白房子村，原來在一百多年前就遭到海嘯吞噬殆盡，那些閃閃發亮的建築物早就淹沒在海水裡。

隨著時間流逝，如今連殘骸都已不復存在。

現在的獅尾灣，不過就是一片荒涼之地，沒有居民在那生活。

旅館老闆、菲力普老爹和另外兩名商人都不像在說謊。

但繁星冒險團曾在緋月鎮被伊利葉安排的冒充者耍得團團轉，毫無知覺地走進陷阱。

爲此翡翠留了個心眼，出發前不忘在洛里亞多打探一會，確認老闆和菲力普老爹都是貨真價實的本地人，並非他人假扮。

但這樣一來，謎團反而更多了。

坐在馬車內的翡翠惆悵地嘆了口氣，覺得榮光會眞的是煩死人了，在幕後操控榮光會的伊利葉則是最煩的一個。

「簡直是增加我的工作量。」翡翠在腦海中對著斯利斐爾不停抱怨，「精靈王會過勞死都是伊利葉害的。都有救世工作要忙了，現在還多一個榮光會必須處理。」

「恕在下直言，在下並沒看見您過勞。」斯利斐爾冷酷地說，連看向翡翠的眸光都是冷的，「在下只看見您吃個不停。」

翡翠看看自己手上拿著的煙燻咖啡起司馬鈴薯，然後毫不猶豫地又咬了一大口。

要是享受美食都不行，那他連精靈王都不想幹了。

斯利斐爾冷笑一聲，下一秒就從光球形態恢復成小男孩的外貌，迅雷不及掩耳地搶走翡翠懷中的那袋馬鈴薯。

加爾罕就坐在車廂的另一側，他抱著劍，濃密的大鬍子遮住了他臉上的表情變化，但遮不住他眼中的震驚之色。

任誰看見光團突然變成孩童，還是有著熟悉特徵的孩童，都免不了大驚失色。

與繁星冒險團結伴同行的這段時間以來，加爾罕不是沒聽過翡翠喊那顆光球爲斯利斐爾。他那時沒多想，只以爲是單純撞名，也可能是繁星冒險團的其他人用這名字作爲紀念。

畢竟那名叫斯利斐爾的銀髮男人，在數個月前就因爲慈善院事件而殞落在浮空之島上。

可眼下的小男孩讓他不得不多想。

銀亮的髮絲令人想到天邊月色，一雙紅眸冷冷淡淡、不帶溫度，偏深的褐膚映襯得五官輪廓更爲鮮明。明明是稚嫩的臉蛋，卻散發著威嚴的氣勢。

只要和那雙紅眼睛對視幾秒，就會像承受不住威壓，不由自主地偏離目光。

不管怎麼看，儼然都是縮小版的斯利斐爾。

「他他他……他究竟……」加爾罕張著嘴，一時無法組織完整話語。

「解釋原因有點麻煩，總之就是你知道的斯利斐爾沒錯。」翡翠忙著從斯利斐爾手中搶回心愛的煙燻咖啡起司馬鈴薯，無暇分心在加爾罕身上，只草草扔出兩句。

翡翠準備對銀髮小男孩來個擒抱，結果手剛伸出去，那道幼小人影居然轉眼又變成光球，就連裝著馬鈴薯的紙袋都跟著消失不見。

「啊——靠！斯利斐爾你這王八蛋！」翡翠氣得捶了木板兩下。

「翠翠，怎麼了嗎？」瑪瑙的詢問自車外飄進來。

「沒事……」翡翠像被抽光力氣般癱倒，只剩一雙眼睛還哀怨地瞪著空中的光球，「你居然這樣對我，把我心愛的馬鈴薯還來……」

「在下只是為了您的健康著想，您一天一顆就已足夠，這些垃圾食物並不能為您提供營養。」

「它們能為我帶來好心情。」

「那與在下無關。」

「可惡，你果然是大混蛋！」翡翠磨著牙，心裡的小本本又記了斯利斐爾一筆。

加爾罕看著一人一球的互動，總算從衝擊中緩過來。他慢慢吐出一口氣，沒想到不僅他們的公主殿下，就連斯利斐爾也重生了。

這想必是……真神降下的奇蹟吧。

加爾罕閉上眼，在心中由衷地感謝眞神的恩賜。

翡翠自是不知加爾罕內心所想，否則他大概會忍不住吐槽：眞神早睡了，還不曉得什麼時候會醒呢。

翡翠此時一顆心都繫在飄浮空中的光球上，想著要如何趁其不備，抓住對方猛力搖晃一番，說不定不只會搖出他心愛的煙燻咖啡起司馬鈴薯，還能搖出一小堆晶幣。

突然間，一股細微的焦味瀰漫在車廂內。

翡翠撐起到一半的身子驀地頓住，鼻尖動了動，「好像……」

「有東西燒起來？」加爾罕飛快睜開眼，跟著尋找氣味來源。

還是斯利斐爾最先發現源頭，他稍微降下高度，停在翡翠面前，「是從您身上傳來的。」

「我？」翡翠一驚，忙不迭檢查全身上下。他可不想自己哪處燒起來，雖然不知道烤熟的精靈肉好不好吃……

或許是翡翠的表情太過露骨，斯利斐爾毫不客氣地往他額頭一撞，撞跑對方的胡思亂想。

焦味逐漸變得明顯，似乎真的有什麼在燃燒。

「翡翠，你的包包！」加爾罕眼尖地捕捉到淡淡白煙冒出。

「不是吧！」翡翠倒吸一口氣，用最快速度打開包包，迅速從裡面抽出某樣東西。

那是一張正在冒火燃燒的紙。

是翡翠從可可洛可那邊收到的神祕信紙，紙上畫著四朵宛如毛線球糾纏在一起的安古蘭花。

可眼下這四朵花正隨著橘紅色的火光逐一化為焦黑。

翡翠壓根來不及搶救，只能眼睜睜地看著整張紙被燒成灰燼……

「這又是……怎麼回事？」翡翠滿臉茫然，這可是真神出品的包包，照理說不可能會出現這種意外，「包裡還會自動起火的嗎？」

「不。」斯利斐爾又降下一些高度，「包包不會無故起火，除非您把火放進去。」

「我又不是閒著沒事放火……」翡翠話語一頓，猛然反應過來。

是那張信紙，自己著火了！

最有可能就是繪圖之人在紙上事先做了手腳，讓紙張在一定時間後自燃。

但旋即新的疑問又冒了出來，翡翠無法理解對方這麼做的意圖。

翡翠在車內對信紙無端自焚的事百思不解，車外的三名精靈則是對這段插曲毫不知情。

瑪瑙負責駕車。

翡翠不在，他俊美的面容只餘一片冷漠，金瞳內也缺乏波動，乍看下像尊美麗又無情的人偶。

珍珠坐在瑪瑙旁邊，慢條斯理地翻過書頁，藍眸映出一行行文字，大部分心思都沉浸在書中古怪又有趣的故事裡。

至於珊瑚，則一人獨佔整個車頂。雙腿盤起，靈活的眸子眺望遠方，恨不得隨時能有新發現，好跟底下的人大聲報告。

當然是向珍珠還有翡翠報告，珊瑚一點都不想理會瑪瑙。

但一路沒什麼新鮮景象，看來看去似乎都跟昨天、前天見到的差不多。

珊瑚難得憂鬱地嘆口氣。

再不來點有趣的，珊瑚大人就要無聊死了……

《他逃，
她追，
插翅
《他逃，她追，他們都插翅難飛》

來個魔物也好啊，這樣自己就能咻咻砰砰地在翠翠面前大展身手，然後獲得很多很多翠翠的誇獎！

珊瑚忍不住沉浸在想像中，臉上也掛起了傻乎乎的笑容。

倏地，遠方微閃的光點吸引她的注意，也讓她從美好的想像中抽離。

珊瑚連忙坐直身子，瞇細眼睛，看了一次、兩次、三次，發現不是錯覺後，精神都來了。

「前面有白色屋頂，會發光！屋頂上還有個人！」珊瑚手遮在額前，擋著過亮的日光，努力地仔細觀察，「哎？那個人是不是在對我們揮手？」

聽見來自上方的回報，珍珠從書裡抬起頭，慢悠悠地往遠方一望。

接著她的目光像是凝住了，再也移不開，甚至直起身子，一頭長髮被風吹得飛揚。

「珍珠？」珊瑚瞄到下方的動靜，有些吃驚，平時鮮少見珍珠有這麼激動的反應。

「那是伊斯坦先生！」珍珠恬靜的面容籠上一層光采，蔚藍的眸子亮得驚人。

「咦？是桑回嗎？大金羊？」珊瑚驚奇嚷道。

「什麼？什麼？我好像聽到『羊』這個字，是不是有羊肉能吃？」翡翠飛也似地從馬車內探出頭，下一秒又嫌這姿勢很難看清楚遠方景色，動作輕巧地翻躍上車頂。

「珍珠說前面有桑回。」珊瑚伸直手臂，遙指前方。

翡翠順勢望過去，果然瞧見遠方出現一間間有白屋頂的屋子，其中最靠近的建築物屋頂上還站著一個人。

從這距離來看，饒是精靈有著優秀的視力，也只能看個大概。

「對，絕對是伊斯坦先生沒錯！」珍珠的語氣沒有一絲猶豫，堅定得不可思議，「只有他的頭髮和眼睛顏色會像太陽下的沙漠閃亮，還是正中午的太陽。就算有袖子遮擋，但只要用心感受，就知道他的手臂寫過無數稿子，擁有旁人所沒有的流暢結實的線條，還蘊含著神祕無窮的力量！」

珊瑚聽得目瞪口呆，憑她的眼力，頂多只看得見那是有著金棕頭髮的男人。

珍珠爲什麼有辦法看得那麼清晰！

「欸，瑪瑙、瑪瑙，你也可以看得那麼清楚嗎？」珊瑚有絲著急，她可不想輸給大家。

「翠翠，你看得見那人長怎樣嗎？」瑪瑙沒理珊瑚，而是仰頭問上方的翡翠。

「嗯……」翡翠沉吟一聲，「如果那人變成羊，我肯定能看得鉅細靡遺！」

「嗯，如果那人是翠翠，我也一定能把每個細節都看得清清楚楚。」瑪瑙篤定地說。

「所以你們到底行不行？難道就只有珊瑚大人不行嗎？啊，不管了！趕緊衝過去就知道是不是大金羊了！」珊瑚耐性告罄，連忙催促底下的瑪瑙，「瑪瑙你快一點，我們快過去！而且翠翠不是要尋找閃閃發光大金羊嗎！」

瑪瑙對珊瑚的前半句充耳不聞，但後半句讓他眼神一動。他甩動轡繩，拉車的魔物隨即加快了奔跑的速度。

馬車快速地朝著白房子村的方向奔去。

隨著距離逐漸拉近，翡翠他們也能清楚瞧見白屋頂上不停對他們揮手的人。

真的是桑回沒錯。

金棕髮色的男人不知為何一臉焦急，大力地擺動著雙手，變化的口形顯示出他顯然在呼喊著什麼。

然而喊聲卻沒有乘著風來到翡翠他們耳邊。

翡翠的尖耳微動一下，他隱約覺得有些不對勁，照理說，以這個距離他們應該能聽到桑回的聲音。

然而周邊只有風聲、車輪轉動聲，以及拉車魔物大力蹬地的聲響。

「瑪瑙，再快一點！」翡翠穩住身勢，對著底下的人高喊。

桑回或許是碰到危機或是難題了，才會如此迫不及待地迎接他們到來。

爲了世界任務中的閃閃發光大金羊，爲了桑回的肉，翡翠說什麼也不能眼見朋友身陷危難而不管。

下一剎那，馬車往前衝刺的速度又提高了。

見狀，屋頂上的桑回變得更激動。他手臂揮動得益發猛烈，嘴巴也越張越大。

似乎是耗費了太多的力氣，他的臉龐在陽光下白得嚇人，就像是隨時會從屋頂上倒下來。

翡翠更心急了，他可不希望桑回的肉體受到絲毫傷害，那會破壞肉質口感的。

在拉車魔物的全力疾奔下，馬車一往無前地衝進白房子村的範圍，並在瑪瑙高超的操控下，來了個迴轉削減衝勁，最後穩穩地停在桑回待著的屋子旁邊。

「桑回，你還好嗎？沒事吧，你怎麼也在這裡？」翡翠幾個踏躍就從車頂來到白屋頂上，及時抓住桑回重心不穩的身子。

「你、你……咳咳咳咳！」桑回慘白著臉，反手用力扣住翡翠的手臂，看似有千言萬語想對他訴說，但首先衝出來的是一陣猛烈咳嗽。

桑回咳得撕心裂肺，整個人也搖搖欲墜，唯獨手還是死死抓著翡翠。

「你……」桑回艱辛地擠出質問，「你們爲什麼要進來？」

「哎？」翡翠沒想到桑回的第一句話是這個，老實直言，「不是因爲你在叫我們快點過來嗎？你手都揮得那麼熱情了，當然是要趕緊到你身邊嘛！」

桑回一時沒忍住，喉頭滾動，緊接著一縷血絲慢慢從唇邊淌下。

我哪裡是熱情，我分明是叫你們不要過來啊！

翡翠不會讀心，但他向來自認能很好地理解桑回的表情變化。看著對方唇角滲溢更多的血，他恍然大悟，終於懂了對方的心思。

「啊，沒想到見到我會讓你那麼激動。你看你都激動到吐血了，原來你那麼想見到我啊！」

桑回嘴唇顫動，極力想要忍耐，可喉嚨裡又一股血氣湧上，這次直接噴出了血。

面對翡翠大錯特錯的解讀，桑回一時氣急攻心，竟是氣暈了過去。

桑回只暈厥了片刻。

本能讓他壓根不敢在翡翠面前暈太久，萬一醒來發現哪裡少塊肉該怎麼辦？

當焦急的「伊斯坦先生」和模糊的獸吼同時在耳邊響起，桑回霍然睜開眼睛，發現自己已不在原來的白屋頂上。

他如今身處車廂內，周圍除了繁星冒險團幾人外，還有一張令人驚訝的熟面孔。

「加爾罕？」桑回撐起身子，瞬間還以爲自己產生幻覺，無論如何都預料不到蘿麗塔提及的男人會出現在自己面前。

還是跟著翡翠他們一起出現。

桑回有許多事想釐清，包括翡翠他們怎會來到這，加爾罕又是如何碰上他們的。

這些問題在嘴裡轉了一圈，被他全數嚥下。

現在有更緊急的事必須優先處理。

桑回抬手往嘴角一抹，發現上頭的血漬全被擦去。

他飛快掃視一眼，瞧見珍珠手裡拿著沾血的手帕後，不禁鬆了一口氣。

他實在很怕是翡翠替他擦的，然後想方設法地把血保存下來。

畢竟這人可是曾當面問過他：你的血可以留下來做羊血糕嗎？

桑回從來沒見過這麼喪心病狂的傢伙！

「咳咳，我知道我們彼此都有問題想問……」桑回的聲音有些嘶啞，「但外面恐怕有……」

「翠翠，出現了好醜的魔物！」珊瑚突地從馬車外探頭進來，「瑪瑙和斯利斐爾去上面看了！可是這裡好奇怪，都沒人理珊瑚大人耶，珊瑚大人問他們事也都沒反應！」

「這些我晚點都可以說明。」桑回握著筆刀，「我們得快點，外面那是……」

不待桑回把話說完，翡翠腦中已先接收到斯利斐爾平淡中帶著厭斥的聲音。

「奇美拉出現了，兩隻。」

「在這裡？大白天的就這麼出現？」翡翠愕然。

以往幾次與奇美拉交手的經驗都是在夜晚，而且通常要逼到緊要關頭它才會現身。

這似乎還是奇美拉第一次毫不遮掩地主動暴露蹤影。

疑雲纏繞心頭，翡翠的行動卻沒有遲疑。他飛快地躍下馬車，雙生杖轉眼化成泛著凜凜寒光的雙刀。

當他站在街頭上，瞬間理解了珊瑚爲什麼會說這裡奇怪。

野獸的咆哮變得清晰，如響雷滾滾砸落，任誰聽見都會直覺有危險靠近，趕緊拔腿跑向安全的地方躲避。

然而路上的村民就像什麼也沒察覺，還是若無其事地走動、叫賣，和人說著話。

這畫面怎麼看都無比違和。

先前擔心桑回的情況，沒來得及留意四周，現在翡翠才意識到村子裡簡直處處都是異常。

沒人往他們看一眼，即使他們揭下斗篷兜帽、露出面容，也吸引不到絲毫目光。

就好像他們這群人在村民眼中是透明人。

「村人看不到我們，也離不開這座村子。」桑回看出了翡翠的疑問。

獸吼第三次響起時，兩隻魔物的身形也進入翡翠等人的眼中。

一隻是有著三顆腦袋的藍色獅子，頸間圍著一圈漆黑鬃毛，三張獅臉上各有五隻眼睛。它體形龐大，比起普通獅子大上一倍。

另一隻是人面虎身，有著扁平且肖似人的面孔，看起來像是用黏土隨意揉捏而成。壯碩的身軀上覆著一道道斑紋，身下有著六隻腳，前兩對似虎足，後一對則像牛蹄。

宛如用不同魔物部位拼湊出來的兩隻奇美拉不知從何處出現，它們嘴邊沾滿了令人怵目的鮮血，眼裡充斥貪婪的欲望。

但村民依舊沒有尖叫或逃跑，他們好似連魔物也看不見。

「奇美拉……」加爾罕收緊握劍的手指，一條條青筋在手背浮冒。

奇美拉朝著翡翠他們的方向嗅了嗅，所有眼珠子全都瞬也不瞬地緊盯著他們。

當藍獅的鼻子裡噴出火星，兩隻凶獰的魔物挾帶勁風掠出，卻不是直衝原本盯上的翡翠等人。

赫然是另一邊的村民！

「不能讓它們吃人！」桑回大叫，筆刀同時凌厲擲射而出，拉出銀亮的軌跡。

破空聲讓奇美拉有所警覺，像是老虎的那隻猛地扭過頭，扁平臉龐上的嘴巴倏地張得老大，密密麻麻的尖牙嵌在口腔的上下左右。

它咬住了筆刀，吞進嘴裡大嚼特嚼，發出「喀啦喀啦」的金屬碎裂聲。

藍獅抓準機會，血盆大口對著一名毫無知覺的婦人。只要再幾秒，它就能咬斷獵物的骨頭，品嚐到新鮮血肉的滋味。

外露的獠牙泛著森冷光芒，腥臭味從那張大嘴裡傳出。

婦人還在用手搧著風，像在感嘆今天天氣炎熱。

說時遲、那時快，多面光壁拔地而起，一面連著一面，頃刻間圍出一處空地，將奇美拉與村人隔離開來。

即將到口的食物驟然消失，自己反倒撞上堅硬的結界，三顆獅首發出憤怒的低吼，扭頭看向與自己同處一個空間的翡翠等人。

「這座村子，每天會出現奇美拉。不知道它們是從哪冒出來的，就是突然出現在街上，一旦它們吃飽了又會消失。」桑回輕聲說著，「根據蘿麗塔他們所說，吃了人的奇美拉隔天再出現就會變得更大。」

「殿下？殿下也在這？」加爾罕所有注意力全被「蘿麗塔」三字吸引，他心急如焚地追問，恨不得能馬上出現在對方面前，「她在哪？她安全嗎？有受傷嗎？」

「她和其他暗夜族待在一起，人很安全。」桑回握拳抵在唇邊，咳了幾聲，「晚點就可以見到他們。」

「懂了，只要先解決眼前這兩個一看就不好吃的傢伙就行了吧。」翡翠勾起笑容，黝黑的瞳孔映出逐步接近他們的奇美拉。

兩隻魔物速度起先不快，看起來更像在觀察前方的獵物。它們往前一步、兩步、三步，下一瞬身影同時加快，像兩道竄出的雷電，從不同方向包夾翡翠幾人。

嚼爛筆刀的魔物再次咧開駭人的嘴巴，它不懼對方手上的武器，對它來說，那些金屬只要進了嘴，就只有被吞下肚的份。

「那麼大的嘴巴，珊瑚大人就讓你再也閉不上！」珊瑚舉起形如大槌的法杖，火焰轉瞬自杖端平空生成，一下匯聚成偌大火球。

珊瑚咧嘴一笑，上挑的眼角讓笑容增添小獸般的凶悍，火焰照亮了她的臉。

面對直擊過來的大火球，奇美拉那張扁平的面容被火光映出驚懼。

火球撞入它的嘴裡，高溫和熱度不留情地灌入它的體內，殘酷地橫衝直撞，燒燬它的五臟六腑。

奇美拉只剩下逃離此地的心思，但翡翠豈會讓它得逞。

「風系第一級初階魔法——風之刃！」

翡翠壓低掠出的身勢，碧色雙刀往不同方向揮出。

兩道淡綠的氣流化成比刀刃還要鋒利的存在，風馳電掣地朝著左右而去。

一道劈向人面虎身的奇美拉，一道鎖定了那隻深藍巨獅。

巨獅正被加爾罕和桑回前後夾擊，它暴躁地噴吐出火焰，偏偏又被防不勝防的光盾擋下，反倒阻礙了自己的行動。

它的身軀已被筆刀和長劍劃出多道傷口，因而憤恨得直用腳爪扒地，忽略了從另一個方向襲來的風刃。

隨著風刃切開一道口子，雪白光點頓如流螢沒入傷口內。

等到巨獅意識到身體出問題時，已來不及了。

傷口的惡化剝奪了它的體力，它就像顆被戳破的水球，身體能量不斷往外流失。

加爾罕沒有放過這絕佳機會，長劍猛然劈下，重重地砍入奇美拉的脖頸。

「啊啊啊啊——」他肌肉賁起，力道加劇，劍刃勢如破竹地一路往下，一口氣斬下了一顆獅子腦袋。

接著是第二顆、第三顆……從切面淌出的鮮血染紅了地面，也染紅加爾罕的鞋子。見兩隻奇美拉喪命，珍珠撤下圍在四周的結界。

挾帶著鹹味的風颳過，也將此處的血腥味吹散不少。

「他們好奇怪，爲什麼沒人看我們這？他們沒看到這麼醜的魔物嗎？也沒看到珊瑚大人厲害的樣子嗎？」珊瑚詫異地看著旁邊往來的村民，「他們的眼睛難道有問題？」

「桑回，你知道這是怎麼回事吧？」翡翠沒忘記桑回曾說過他會負責解釋。

桑回擦去額際的汗水，蒼白的面容上扯開虛弱的笑容，「要聽我解釋的話，還是先找個合適的地方吧。我也有很多事想問你們，跟我來吧，晚點在那裡也能見到其他人。不過翡翠你能跟我拉開距離嗎，你靠太近我會……」

「知道，你又會激動到吐血嘛。」翡翠一副我能理解的表情，「桑回，你知道一種刺激療法嗎？就是……」

「不不不，眞的不用了！」桑回怕自己刺激過度，先一步去見眞神了。他果斷地往珍珠靠近，冀望這名忠實讀者能夠保護自己。

「哇哇哇，珍珠居然臉頰和耳朵都紅了！」走在旁邊的珊瑚把珍珠的變化瞧得一清二楚，「她那麼喜歡桑回喔？明明桑回寫的書都好奇怪，還會寫高麗菜跟萵苣談戀愛耶！欸，瑪瑙，你有看過……」

「沒看過，別煩我，別把笨傳染過來。」瑪瑙冷漠地睨了一眼，加大步伐，三兩步走到翡翠身側。

「誰笨啊？珊瑚大人明明超級聰明！」珊瑚惱怒地鼓起臉頰，像隻氣鼓鼓的河豚。似是想爭取他人的認同，她忽然一個跳躍，撈下空中的斯利斐爾，「對吧、對吧，斯利斐爾。」

斯利斐爾用沉默作爲回答。

方便起見，一行人登上馬車。桑回和珍珠待在馬夫座位上，無論如何就是不想和翡翠同處一室。

在那個狹窄的空間裡，誰知道翡翠會不會突然失了理智，做出什麼可怕的事。

再想瑪瑙和珊瑚向來是翡翠說什麼都對，萬一他們聽從翡翠的話幫忙壓制自己……

這可怕的想像讓桑回打了個哆嗦，決定接下來只要和繁星冒險團待一起，都要堅定地遠離翡翠，避免自己成爲對方餐桌上的佳餚。

聽到後上方傳來細微的動靜，桑回轉過頭，隨後又裝作自己什麼也沒看見，只是把身上的大衣拉得更緊一點。

翡翠笑咪咪地坐在車頂上。

沒辦法，他實在太想念桑回身上的羊肉湯味道了，這次聞起來像是紅燒的，害得他口水忍不住一直分泌。

「往右邊前進，一直到第一個路口。」桑回竭力忽略車頂上的人影，對珍珠低聲說，「然後往……」

珍珠等著桑回把話說完，可身邊人遲遲沒再出聲。

「伊斯坦先生？」珍珠疑惑地看向桑回，發現後者的目光越過自己。那雙砂金顏色的眼睛染上愕然，彷彿見到某種令他震驚的畫面。

珍珠也立刻轉過頭，可只有望見幾位湊在一起說話的村民。

「伊斯坦先生？」珍珠不禁又問了一次，語氣滲入關切。

「不，沒事，我晚點再跟你們一起解釋。」桑回搖搖頭，重新為珍珠指路，一顆心則是沉了沉。

公會負責人堪稱過目不忘，加上他又專門追捕殺手，更是擅於記人。因此他一眼便認出那群村民的其中一人，赫然就是前日命喪奇美拉之口的年輕男性。

死去的人又活過來……這村子裡還藏有多少祕密？

榮光會在這裡動了什麼手腳？他們躲藏不露面、只派出奇美拉是為了什麼？他們知道這裡的人會死而復生嗎？

位在高處的翡翠也留意到桑回短暫的異樣，可當他看過去，同樣沒發現奇怪之處。他隨意掃視一圈，正要收回視線，忽地注意到一名身披暗綠斗篷、把自己包得隱密的削瘦身影。

或許是因為對方的打扮和村民有著顯著的不同，翡翠不由自主地多看了那人幾眼。那人正在和村人說話，似乎不知道有人從高處打量他。

可就在馬車即將遠去的剎那間，那人驟然轉過頭，仰高臉。

兜帽的陰影依舊蓋住了他的大半面容，但強烈的注視感讓翡翠覺得對方不偏不倚地凝望著車頂上的自己。

翡翠挪不開視線，他看著那人的嘴唇一張一合，從口形來看，就像在對自己說：

去找……花？

# 第6章

花？

說到花，翡翠第一時間想到的就是自己曾收到的不明信紙，上頭畫了四朵安古蘭。

這人難道跟那封信有關嗎？

但他在白房子村裡，又能跟村民交流，照桑回所說，應當是離不開這座村子。

翡翠怎麼想都理不出頭緒，那些疑惑如同亂糟糟的毛線球，在腦中打結成一團。

於是他乾脆先把它壓按著，等晚點再說出來大家一起煩惱。

反正他絕不會放過壓榨斯利斐爾的機會的！

桑回帶翡翠一行人前往的是一幢廢屋。

同樣是白屋頂，外觀破舊，木板牆壁還有風能輕易灌進去的縫隙。

裡頭早就不見家具，空空蕩蕩，但仍能看出有人在此生活的痕跡，而且沒發現經年累積下來的灰塵與髒污，看樣子是有人事先打掃過了。

翡翠猜測或許是暗夜族的人爲他們的公主殿下所做。

「這裡是我們跟暗夜族近期落腳的地方。」桑回一開口果然印證了翡翠的猜想，「其實是他們先來……咳咳，我們是後到。」

「我們？」翡翠沒漏掉這個複數人稱，「除了你還有誰？」

桑回卻是慢呑呑地揚起笑，「等你們見到就知道了。」

翡翠覺得這笑容裡隱約有絲不懷好意，或是幸災樂禍的味道，但他一下也想不起還有誰能讓自己難以應付。

等等，不會是紫羅蘭吧？

這個名字一冒出頭，翡翠立即瞪大眼，這人眞的就是能讓他頭痛的對象。

明明知道他海鮮過敏，還一天到晚要把自己身上的肉割下來給他吃。

畫重點，還是人形時的肉，說這樣最新鮮也最賞心悅目。

回想起以往紫羅蘭的豐功偉業，翡翠不禁打了個哆嗦，他小心翼翼地試探，「是紫羅蘭嗎？但他不是爲了堂姊還堂妹鬧離婚，回去幫忙了？」

桑回只給予一記高深莫測的笑容，也不管翡翠在那邊猜得抓心撓肺，話鋒一轉，開始爲他們說明起白房子村的各種怪異。

翡翠暫時將此事放到一邊。越聽桑回描述，他的眉頭越是忍不住緊蹙。

白房子村居然只進不出，一旦進入村莊，就再也出不去。

也難怪桑回會在屋頂奮力揮手，就是想阻止他們入內。偏偏聲音傳不出去，加上翡翠自行誤解，才會造成現在的局面。

大家一起困在村子裡了。

「通訊魔法也無法對外傳遞？」斯利斐爾直切重點。

桑回搖搖頭，「我和……我們都試過了，但就像受到干擾，通訊魔法無法成功，這裡非常古怪。」

雖說不知道這座村子是何時重建於獅尾灣，但可以判斷不會超過一個月。

根據情報，一個月前還有人來這裡採集過星貝，當時不曾見到這裡有任何村落。

白房子村的人就像活在自己的世界裡，他們看不見外地人，也看不見那些奇美拉。

翡翠等人自然也無法與他們交流，打聽這地方的消息。

桑回他們是前天入村，暗夜族則比他們更早。

「奇美拉會在正午後至日落前出現，出沒地點不定。」桑回慢慢說道：「我剛剛會在那裡，其實是……」

「珊瑚大人知道，你在那裡吐血！」珊瑚搶著說道。

桑回急促地咳了幾聲，實在不願回想當時情景，越想只讓他的一口氣再度哽住。

「別打斷伊斯坦先生的話。」珍珠輕飄飄地瞄了珊瑚一眼，後者反射性一縮肩膀，不敢再搶話。

「沒關係，有問題都可以提出。」桑回擺擺手，「說不定有哪部分是我疏漏的……咳咳，只要別再提之前我不小心失去意識的事。」

「殿下他們現在究竟人在何處？」加爾罕再也按捺不住心急，連忙追問。

「他們這時應該還在西北方巡視。」桑回以筆刀在地面大略畫了地圖，「這是白房子村，為了阻止奇美拉吃人，我們所有人分配到不同位置，預防奇美拉現身。先前我待的地方，就是我負責的區域。」

「只有奇美拉出現？榮光會的人呢？」加爾罕沒忘記榮光會的意圖，「他們將殿下逼來此處，就再也未曾露面嗎？」

「蘿麗塔說他們進來此地後就沒見到榮光會的人，而我們亦是相同。」桑回捏捏眉心，「這幾日都不曾見過。」

榮光會簡直就像藏匿在暗處的毒蛇，不知道何時會冷不防竄出，狠咬眾人一口。

「我們是爲了追查失蹤的冒險獵人而來。先前有人成功脫逃，我們依據他提供的線索找到此處，沒想到卻會碰上這種情況。」

「這裡的村人……確定是活人嗎？」翡翠斟酌著問，「我們在洛里亞聽人說過，白房子村在一百年前就因海嘯而滅村。桑回，這地方的人……」

「他們確實有血有肉，不管怎麼看都與活人無異。只不過……」桑回閉了下眼，腦中又浮現那名曾命喪奇美拉之口的村民，「他們死後還能復生。」

這句話猶如在眾人心頭劈下一道驚雷。

尤其曾兩次死而復生的翡翠，更是吸了一大口氣，「怎麼辦到的？難不成這裡處處是……」

碎星兩字即將滾出翡翠舌尖，又被霍地嚥下。他飛快望了斯利斐爾一眼，後者像是知道他想問什麼。

「碎星終究只是眞神力量的碎片，碎片不足以供給那麼多人死而復活，這裡的人能重生只怕是另有祕密。」

桑回不知翡翠和斯利斐爾的暗中交流，繼續把話說下去。

「奇美拉現身似乎就是爲了吃人，即使我們極力阻止，也有力有未逮的時候。但就在不久前，我見到前日被奇美拉殺害的人，好端端地和他人說話聊天，毫髮無傷。」

「會不會是很像的人？」加爾罕依然感到難以置信。

「不。」桑回搖搖頭，「是同一人，我記得他的模樣，就連他的衣物也沒有變化。暗夜族曾說這裡的人就算被奇美拉吃了，隔天也會再出現。我那時也是充滿懷疑，直到剛剛親眼所見。恐怕在我們不知道的地方，有不少人已經歷了多次的……」

桑回像抑制不住喉頭癢意似地低咳幾聲，隨後那四字如羽毛徐徐飄落，又像裹帶著千斤重的力道。

「死而復生。」

廢屋內的所有人一時都說不出話，沉默席捲，片刻後才有人打破這份凝滯。

「伊斯坦先生覺得奇美拉吃人，是單純進食，或有其他目的？」詢問的人是珍珠。

「恐怕……是後者吧。」桑回沉吟一聲，「假如單純進食，那它們在狩獵上就不該捨近求遠，就像不久前的狀況。」

「是沒錯。」翡翠點點頭，「明明那時候是我們離得近，而且我們看起來也比較好吃吧。」

翡翠沒忘記先前那兩隻奇美拉看起來像是鎖定住他們，卻又猛地轉而攻擊距離稍遠些的村人。

要不是珍珠架起結界的動作夠快，只怕就要讓那兩隻奇美拉得逞。

珊瑚被這連串談話繞得頭都暈了。

她偷偷打量眾人若有所思的表情，發現大家似乎都明白桑回在說什麼。爲免被人發現自己聽得一頭霧水，她趕緊繃住臉蛋，假裝聽得認眞。

桑回沒讓眾人在廢屋裡久待，迅速將進入白房子村須注意的異狀說明完後，他在原本的地圖上又畫了幾條線，告訴加爾罕暗夜族們更詳細的位置。

加爾罕匆匆向桑回道了謝，迫不及待地飛奔出去，只想早一點與蘿麗塔及同伴們會合，親眼確認他們的安全。

桑回看著還留在自己面前不動的繁星冒險團，有種不祥的預感。

「你們……」桑回慢慢往後退，「想要休息的時候再回來這裡就好。我想你們應該有別的事要做吧，我肯定你們有，那我們就晚點見了。」

最後一個音節才剛逸入空氣，翡翠幾人面前的金棕髮色男人倏地變成一隻閃閃發光大金羊，蓬鬆的羊毛每一根都像吸滿了陽光，耀眼得不可思議。

但翡翠可不是輕易會被羊毛吸引目光的人，他看的可是藏在羊毛底下的結實羊肉。

「桑回，你的腿看起來變得更有力，也更吸引人了。」翡翠真心誠意地讚美。

那露骨的眼神讓大金羊打了一個寒顫，身上的金色竟是旋即變淡，越來越淡……

再一眨眼，原本的金羊化為透明，再也尋不著蹤影。

但幾名精靈還是能敏銳地捕捉到羊蹄衝出屋外的噠噠聲。

「翠翠，須要我？」瑪瑙的暗示很明顯。

好似只要翡翠一點頭，他就會馬上追出去，想辦法把隱身的桑回強行架回。

「算了。」翡翠留戀地嗅了嗅空氣中留下的羊肉湯香氣，「反正跑得了一時，跑不了一世，晚點總是會再碰到的。」

雖說很想跟桑回來個促膝長談，但翡翠也的確不急。

遇上桑回等於完成了世界意志發布的第一項任務——找到閃閃發光大金羊。

然而世界意志沒再度出聲，看樣子只找到桑回還不夠，必須找到其他的關鍵點，才有辦法觸發接下來的任務。

至於是怎樣的關鍵點，翡翠得說他毫無頭緒。

不過斯利斐爾說過，不管再如何荒謬，世界意志發布的任務自有它的含意。

既然如此，只要繼續待在有桑回的這個白房子村，肯定就會有所發現。

心念電轉間，翡翠就想好了計畫。

與其當隻無頭蒼蠅漫無目的地尋找，不如先把握當下的線索。

安古蘭花，以及……

那名斗篷人影。

「啊啊啊！珊瑚大人真不敢相信！」

氣急敗壞的抱怨在艷陽下直衝雲霄，珊瑚邊走邊瞪著自己的拳頭。

都是這隻手，害得她必須跟瑪瑙一起行動！

爲什麼不是翠翠或珍珠，偏偏是瑪瑙……最最最討厭的瑪瑙！

爲了能更有效率地收集情報，繁星冒險團照以往慣例分組行動。

畢竟是人生地不熟的村落，安全起見，翡翠還是以兩人同組的分法進行。

至於分的方式，就用最簡單的猜拳了。

贏的一起，輸的一起。

要是平常，珊瑚一定很樂意自己是贏家，這證明她果然就是無敵厲害威武強大的珊瑚大人。

可這一次、這一次……贏的人還有瑪瑙啊！

這就造成了珊瑚和瑪瑙此刻一起行動的狀態。

瑪瑙對於珊瑚的抱怨充耳不聞。

和珊瑚多講一句他都怕被傳染到笨蛋氣息，這樣翡翠萬一不喜歡他了該怎麼辦？

自顧自地嘀咕一頓，珊瑚過了一會便接受現實。反正再怎麼哀聲嘆氣，旁邊的人也不會從瑪瑙突然換成翡翠或珍珠。

不，等一下……說不定可以耶！

珊瑚眼眸發光，馬上鎖定空中的一顆銀白光球，「斯利斐爾，你現在就帶走瑪瑙，把翠翠換過來行不行？珊瑚大人可以偷偷地給你兩枚晶幣。」

「妳沒有錢，而且不可以。」斯利斐爾冷漠地拒絕。相較於他對翡翠的冷嘲熱諷，對上珊瑚的態度可說和緩許多。

「喔，也是耶。」珊瑚摸摸鼻尖，總算想起自己身無分文的事實，「錢都在斯利斐爾的身上，我忘記了。」

「斯利斐爾，你在空中比較方便，你從上面觀察，底下這邊就交給我們。」瑪瑙沒理會珊瑚，仰頭冷靜地說，「安古蘭除了生長在石縫間外，還有哪些特性？」

「它們喜歡陰涼、缺乏陽光的地方。」斯利斐爾說道，「但不會生長在屋內，鎖定戶外搜索即可。」

交代完安古蘭的生長環境，斯利斐爾飄飛至高空中，眨眼便融入陽光之中。

珊瑚瞇眼瞧了半天，發現找不到斯利斐爾的蹤跡，這才收回眺望的視線，與瑪瑙投入尋找安古蘭和其他可疑花朵的任務。

會在白房子村裡搜尋安古蘭，自然是因爲翡翠收到的那張不明信紙。

與在弦月區相似的行爲模式，讓人不由得猜測起……這或許又是一個和伊利葉有關的線索？

而會將可疑的花朵也列入搜尋名單中，則是翡翠另外交代的。

瑪瑙沒有追問背後緣由，對他來說，完美地達成翡翠的要求才是最重要。只要想到翡翠會摸摸他的頭，大力誇獎他做得好，瑪瑙就覺得自己充滿動力，即使要他一整天忙碌不休地找花也不會感到疲倦。

瑪瑙走了幾步忽地一頓，瞄了身側東張西望的珊瑚一眼。

到時候外表一定要弄得比珊瑚狼狽，這樣才能顯現出自己付出了更多辛勞，才能讓翡翠更心疼他。

珊瑚渾然不知同伴的險惡心思，猶在認眞地東看看、西看看，想要找到形似毛線球糾纏在一起的安古蘭。

與全部心思都放在找安古蘭的珊瑚不同，瑪瑙邊走邊觀察，發現了一個事實。

白房子村至今沒有出現任何一株植物。

綠意在這裡彷彿不存在。

別說是花了，連野草都不曾看見一根。

這和他們在村外周邊看到的青翠盎然形成極端對比。

就好像……綠植在白房子村外就止步了。

牆角、路旁縫隙、街邊角落，這些理應看見花草或是苔蘚的地方，都像是被徹底抹去了生機。

除了那些充滿生命力的村民外，這裡好似只剩下冷硬的白屋頂房子。

然而那些民眾即使鮮活，也不會給外來者絲毫回應。

「欸欸，你們知道哪裡有安古蘭或是可疑的花嗎？」珊瑚不死心地跑到路人面前。

但就像流水繞過溪中石頭，那些人們視而不見地從她身側而過。

瑪瑙沒阻止珊瑚這種徒勞無功的行爲，碰了多次釘子後，珊瑚果然失去耐性，不再纏著那些人不放。

「妳負責那邊，我這邊。」瑪瑙言簡意賅地說，「別蠢得把自己弄丟了。」

「什麼啊，珊瑚大人哪會那麼笨，我可是聰明得要命，翠翠都誇過我呢！」珊瑚有些驕傲地挺起胸。

「大白天的，別作夢了。」瑪瑙扔下這句冷冰冰的嘲弄，就不管珊瑚了。

「我又沒作夢，我明明醒著……」珊瑚嘀嘀咕咕，也扭頭往另一條街道走。

她還記得安古蘭是長什麼樣，就像一團纏在一起的綠色毛線球。她四下搜尋，就連路面縫隙也沒放過。

可依舊找不到任何一點生機蓬勃的翠碧。

「瑪……」珊瑚回過頭，想高聲問後方的瑪瑙有沒有什麼發現，眼角餘光突地捕捉到一抹綠色。

只要是綠色，都能讓珊瑚反射性停步多看幾眼。

這一看，才發現那是件暗綠色的斗篷，正披覆在一名男人的身上。

那人的臉被兜帽陰影遮擋，只能看見小半張臉。

「什麼啊，原來不是安古蘭。」珊瑚馬上失去興趣，正要提步離開，就見對方忽然抬起手臂，筆直地指向自己的左側。

珊瑚被那人的舉止弄得愣怔，她還記得村人是看不見他們的。

所以那個動作……應該不是做給她看的吧。

想是這麼想，但珊瑚的雙腳遲遲沒有挪動，彷彿鞋底在原地生根似地。

那名斗篷男人數秒後放下了手。

果然不是給自己看的啊……珊瑚大失所望，覺得自己站著不動簡直是浪費時間。她懊惱地鼓鼓臉頰，失去再觀察的興致。

斗篷男人卻在下一瞬再次抬起手，直指珊瑚的方向，接著又重新比向左方。

桃紅色瞳孔一縮，饒是珊瑚再怎麼遲鈍，也從那人身上嗅到了不對勁的氣息。

「瑪瑙！」珊瑚忙不迭大叫。

還沒等到瑪瑙過來，珊瑚就看到斗篷人影往左邊離去。

珊瑚一向都是依直覺行動，她的大腦中有個聲音在大叫：不能讓那個人跑了。

沒有絲毫猶豫，珊瑚拔腿就追，連身後的瑪瑙也置之不顧。

原本以爲依照精靈的敏捷，應該能很快追上。可當珊瑚跑過了轉角，暗綠斗篷卻出現在比預期更遠的地方。

珊瑚被激起了好勝心，像道旋風直直往前衝，想要一口氣縮短彼此的距離。

但奇異的是，斗篷男人看起來明明是不疾不徐地行走，與珊瑚之間的距離卻始終沒有縮短，彷彿怎樣也觸摸不著的風。

這下子珊瑚更是不願服輸，說什麼都要追到人才肯罷休。

相較珊瑚全部心思都放在爭輸贏上，瑪瑙卻看出對方是刻意要引珊瑚過去。

「珊瑚停下！」

瑪瑙的厲喝阻止不了珊瑚的衝動。

眼看她就要跑出自己的視線之外，瑪瑙只能不耐地咂舌，緊追在對方身後，避免那個沒帶腦的蠢貨陷自己於危險之地。

珊瑚跑得飛快，兩旁白屋頂房子都像在快速後退。她沒注意到周遭的景色越來越冷清，只緊盯著前頭的那道暗綠背影，隨後驚喜地發覺雙方距離變短了。

而且越來越短。

只要再一下下，她就能追到人！

不知不覺，珊瑚追著人來到了海邊，浪濤拍打上岸的聲響混著風聲，在她耳邊颯颯作響。

眼前是鋪滿礫石的海灘，還有一座在午後日光下閃閃發光的貝殼小山，也不知道是不是村民隨手丟棄在此處堆積而成的。

斗篷男人和珊瑚的距離近到只剩一臂之遙，她的眼裡燃燒著熾烈的光芒，彷彿不滅的太陽。

下一剎那，白髮少女像隻矯健獵豹躍出，悍然地將斗篷男人撲倒在貝殼小山上。巴掌大的粉白貝殼「嘩啦嘩啦」地垮下，有些則被壓成碎片。落下的粉末泛著銀白光澤，有如破碎的星光染上海灘。

「被珊瑚大人抓到了吧！」看著在自己身下的暗綠斗篷，珊瑚意氣風發地直起身子。可她的得意沒有維持太久，就驚覺底下觸感不對。

還沒等她意識過來發生什麼事，一道冷冽嗓音隨著海風傳來。

「人不見了。」

瑪瑙就站在珊瑚後面，把前方景象都納入眼底，看得比珊瑚更明白。

他發出一聲沒感情的哼笑，「人不見了，蠢蛋。」

珊瑚破天荒地沒有反駁，她低頭瞪著身下那片薄薄的斗篷。

就只有斗篷而已，本來該裹在裡面的人赫然不見蹤影，宛如平空蒸發。

珊瑚不敢置信地跳起來，一把抽起斗篷，底下全是被撬開的貝殼，沒有男人的存在。

「怎麼可能！」珊瑚不敢置信地大叫，像隻焦慮的小狗在原地轉了好幾圈，無法接受這個現實。

她剛才確實把那傢伙撲倒了，爲什麼對方有辦法在自己眼皮下消失？

「珊瑚大人知道了，他一定是被我壓到貝殼下面了！」珊瑚信誓旦旦地說。她蹲下身，一隻手探進貝殼山裡扒拉，試圖挖出藏在裡面的男人。

瑪瑙袖手旁觀，全然沒有幫忙的意思。

珊瑚自然沒有挖到男人，但她挖到了別的東西。

「這什麼？」不同於貝殼的光滑觸感讓珊瑚狐疑地挑高眉梢，一使勁，她從貝殼山裡奮力抽出手臂，手上抓著一個透明瓶子。

瓶裡裝著一株外觀奇異的植物。

它擁有墨綠色的花瓣和圓圓的小葉片，花瓣好似諸多毛線編織纏繞，就像一團亂糟糟的毛線球。

瑪瑙神色微動，大步上前，接過了那個玻璃瓶。

誰也沒有想到，珊瑚會在這裡挖到一朵安古蘭。

# 第7章

白房子村的屋子看起來極爲相似，都有著會發光的白屋頂，還有石灰色的牆壁。

這裡的街道粗糙地鋪著石塊，雖然不甚平整，但大雨時多少能防止地面泥濘。

不久前，翡翠和珍珠才從村莊邊界折返回來，那裡就如同桑回所說，有一層看不見的屏障阻止他們踏出白房子村的範圍。

這情形令翡翠二人憶起海棘島上的小鎮，只不過當時是月之蜃製造的強大幻覺所致。

那白房子村的封閉，又是什麼原因造成的？

總不會又是隻月之蜃吧？

翡翠把想法告知斯利斐爾，後者乾脆地否定了這個可能性。

「月之蜃不會讓自己幻境裡的生物自相殘殺再重新製造，那反倒會消耗它的力量，對它而言沒有意義。」

「既然不是幻境，那我們爲什麼會出不去？」

「您的大腦眞的須要灌輸一點基本知識，法法依特大陸的幼兒想必都比您還要明白事理。結界，這裡很可能被設下魔法陣，架起了結界，才會將內外阻隔開來。」斯利斐爾毫無起伏的聲調在翡翠腦中迴盪，「不過在下必須慶幸一件事，幸好在下此時不是與您同行。」

翡翠知道自己最好別問，但就是管不住嘴，「爲什麼？」

「在下擔心會忍不住對您的頭下毒手，反正也沒多少內容物了，多點傷害也無妨。」

翡翠決定現在就讓斯利斐爾體會什麼叫作傷害，他二話不說在腦中大聲背誦《鬆餅十六種鹹甜吃法》的食譜。

第一種都還沒背完，斯利斐爾已直接切斷了彼此的聯繫。

扳回一城的爽快讓翡翠神清氣爽，找起安古蘭時也更有精神了。

只是他和珍珠走過多條街道，仔細搜查所經之地，直到暮色降臨，依舊一無所獲。

兩人也發覺到村裡還有個古怪的地方，這裡居然不見任何植物。

別說安古蘭了，他們連一株雜草都找不著。

在路邊發現一些綠色痕跡時，他們原以爲是苔蘚，但走近一看，才發現那不過是被塗上了一抹顏料。

類似的痕跡不只一處，其他地方也能發現。

翡翠和珍珠看不出這些斷續的暗綠線條有什麼特殊意義，只能當成是白房子村的某種特色。

與海棘島相比，翡翠覺得這座村莊的古怪不遑多讓。

看不到外來者的村人，沒有綠意的村子，以及固定時間出來吃人的奇美拉……等等，還有一個。

翡翠吐出一口氣，想起那名似乎有著重重謎團的斗篷男人。

男人那時抬起了頭，縱使看不見雙眼，可強烈的注視感的確落在自己身上。

他在看著自己，然後開口說……

「翠翠。」珍珠的呼喊拉回了翡翠的神智。

翡翠側過頭，看見文雅恬靜的少女正凝望著自己。

「翠翠，你要瑪瑙他們找安古蘭和任何可疑的花。」珍珠一直記著翡翠之前的交代，「為什麼呢？你又聽到了世界的聲音嗎？或是在這個村子裡發現了什麼？」

「唔，跟世界意志沒關係。它可不會那麼好心在中途給我新的線索。」翡翠原本也沒想要隱瞞，只是打算有更進一步的發現後，再告訴自家小精靈，沒想到先被珍珠敏銳地察覺，「在去空屋的路上我看見一個穿綠斗篷的人，他像在對我說……去找花。」

「找花？」珍珠眼裡浮上訝然，第一時間也聯想到那張來歷不明的信紙，「翠翠是覺得，對方可能要你去找安古蘭？」

「我猜，但也說不定是別的。」翡翠輕聳肩膀，「所以我才打算看這一趟能不能再找到那人，問個清楚。」

「他跟我們一樣都是外來者嗎？」

「奇怪的點就在這，他能跟這裡的村人交流，但又可以看到我……」翡翠抿了下唇，改變最後的用詞，「或者說我們。」

「翠翠有看見他的長相嗎？」珍珠問道：「除了綠斗篷外還有什麼特徵？」

「他的臉被斗篷的帽子遮住，看不清楚。」翡翠從記憶裡翻找出那人的相關影像，

「我記得瘦瘦的，手腳修長，從體型看感覺挺纖細。」

「就像那個人一樣嗎？」珍珠忽地輕聲問，手指指向某方位。

翡翠下意識望過去，「對，就跟那個人……」

剩下的字句猛然哽在喉嚨，翡翠瞪大眼，看著無預警出現在面前的話題人物。

落日下，覆著綠斗篷的削瘦男人就站在不遠處。

接著那人轉身就跑。

翡翠哪可能讓那人成功脫逃，他可是有太多事情想抓著對方質問。

「珍珠原地待著，我馬上回來！」

翡翠拔腿就追。

斗篷男人立時像條滑溜的魚融入人群中，要不是他身上那件暗綠斗篷太過醒目，翡翠說不定會錯失對方的行蹤。

翡翠這時就有點後悔沒讓斯利斐爾跟在身邊，有眞神代理人在，壓根不用擔心會追丟目標。

翡翠速度快，然而斗篷男人的動作也不慢，居然始終能把翡翠甩在後頭。

眼看目標靈敏地鑽進另一條路，一下消失在視野中，翡翠彈了下舌，立刻改變方針。他一個箭步往前加速，踩上一旁堆積的雜物，輕巧跳上了一間住屋的白屋頂。

白房子村的屋子大部分沿街而建，連綿的屋脊對翡翠來說就像一條便利的捷徑。視野拉高，翡翠馬上就找到混在人群中的暗綠身影。

——也發現了在地面時不曾留意到的線索。

翡翠猛地煞住腳步，吃驚地望著他們先前曾走過的街道。那些四散的綠色線條從高處一看，竟然連接成一個完整的圖案。

「安古蘭？」

那是一朵花……一朵像雜亂毛線球的花。

翡翠怎樣都沒想到，自己想找的花會以這種形式呈現在面前。

「翠翠！」

瞧見翡翠突然在屋頂止步，珍珠連忙跑了過來。

「翠翠，怎麼了？」

聽見從下方傳來的叫喊，翡翠霍然想起還在追人的事，他飛快往四周掃視，但已不見斗篷男人的蹤影。

珍珠擔心翡翠的狀況，不待對方給出回應，手指往前揮劃，淡白色的光板在她身前接二連三地向上展開，形成一道階梯。

「翠翠，發生什麼事了？」珍珠來到屋頂上，藍眸寫滿擔憂，就怕短短時間內翡翠碰上了不明的危險，「你……」

珍珠吞下後面的關切，她訝然地眨眨眼，睜大的眸子裡映出了那朵在地面綻放的安古蘭。

再聯想到那名斗篷男人的行爲，一個大膽的猜測不禁浮上珍珠心頭。

「翠翠，那個人難道說……是特意把我們引到屋頂來的？他想要讓我們發現花？」

「也許。」翡翠也摸不準那名斗篷男人的心思，「但如果是，他想要我們做什麼？而且這麼一大朵花，可拔不走啊。」

翡翠低頭俯視巨大的安古蘭圖騰，新的煩惱緊接著湧上。

發現花是好事，但接下來該怎麼做？安古蘭又能給他們什麼指引？

「啊啊……」翡翠越想頭越痛，所以決定把問題丟給他人承擔。他在意識裡呼喚起遠方的眞神代理人，「斯利斐爾，我們這裡找到一朵安古蘭，只不過不是眞的花，應該說不知道是誰把花畫在地上。」

「在下看見您了。」斯利斐爾的回應下一秒響起，「在下和瑪瑙、珊瑚這就過去，我們這裡也找到一朵安古蘭，眞花的那種。」

「欸欸欸？眞的假的，你們那也找到了？」翡翠抬手遮擋夕陽餘暉，往周遭探望，搜尋著斯利斐爾他們的蹤影，「啊！我看到瑪瑙和珊瑚了，我和珍珠這就下去！」

踏著還沒消失的光板，翡翠和珍珠輕巧地從屋頂上走下。

他們沒有等太久，就在街道另一端瞧見再熟悉不過的兩抹身影，還有一顆光球飄浮在空中。

「翠翠、珍珠！」珊瑚急性子地揮手，深怕他們沒注意到自己。

瑪瑙則是加快腳下速度，下一瞬卻神色遽變，「翠翠，後面！」

翡翠後頸的寒毛同時豎起，本能大聲叫囂有危險逼近。他反射性回頭，雙生杖在抽出的瞬間變成了長槍。

然而撞入翡翠眼中的並不是他預想的奇美拉，而是一道來勢洶洶的碧色人影。

綁著複雜髮辮的綠髮女人就像一道迅疾閃電撲了過來，一長串毫無間斷的喊聲跟著砸得翡翠頭暈眼花。

「哎呀？哎呀呀呀呀呀！這是翡翠吧，讓春麥心心念念的大美人翡翠！我們是初次見面吧，眞高興能見到你，據說桑回每次聽到你要來都會激動到吐血。哈哈哈，他這次吐的血肯定有一桶了吧，畢竟眞人終於出現在眼前！」

這熟悉的調侃語氣，還有那彷彿不用換氣的喋喋不休，翡翠當場只想倒抽一口氣。

他終於知道桑回之前爲什麼要賣關子了。

跟桑回一塊行動的，居然、居然是馥曼分部的卡薩布蘭加！

要命！

嚴格說起來，翡翠和卡薩布蘭加沒有太頻繁的接觸。不管對方記不記得他，都不影響兩人現在的相處，他也用不著擔心會在卡薩布蘭加面前露了什麼餡。

但重點不是和卡薩布蘭加如何相處。

重點是她話超級多啊！

卡薩布蘭加只要一張口，湧出來的話簡直像連綿不絕、可以把人拍死的江浪。

翡翠一點也不想被那名木妖精逮到，然後被迫聽她嘮叨個沒完沒了。

見卡薩布蘭加企圖撲襲翡翠，瑪瑙速度再提高，如離弦之箭就要趕至翡翠身邊。憑他的身手，要擋在翡翠身前或攔截卡薩布蘭加理應不是難事，只是他仍然輸給了狡猾的馥曼公會負責人。

卡薩布蘭加揚起早就貼上字符的木杖，身下影子立時竄出多條綠藤，轉眼組成一個人形，絆住了瑪瑙的行動。

翡翠本來也可以閃過，如果卡薩布蘭加沒有拋出那句話。

「被我成功撲倒就付五枚晶幣，鬱金會負責出錢的。」

這麼好賺的事，翡翠說什麼也不會放過，他可是太太太太缺錢了。

翡翠當機立斷放棄反抗，讓卡薩布蘭加像隻衝出牢籠的豹子迅猛地撲倒自己，身體同時摔入一片柔韌的觸感，避免和地面直接產生碰撞。

根據之前的經驗，翡翠判斷那是卡薩布蘭加的藤蔓。

卡薩布蘭加跨坐在翡翠身上，愉快地揪住他的衣領，鼻尖湊近嗅了嗅。

「嗯嗯嗯？你是妖精吧，綠頭髮很像木妖精，但你聞起來可不像妖精。當然你是什麼我也不會追根究柢的，反正知道你是桑回的好朋友就夠了。看在這份美麗的友情上，免費送你一個東西吧。」

翡翠找不到插嘴的機會，只見到一條細細藤蔓升高，尖端開出一朵漆黑的百合花，對著他無預警地噴出一小股墨色氣體。

翡翠來不及閉氣，只能被迫吸進那不知有什麼功用的甜膩氣團，味道甜得讓他懷疑自己剛剛是不是灌了一大杯糖水。

「妳那……那是什麼？」翡翠咳了幾聲，感覺甜味沿著鼻腔一路擴散，讓他的整張臉不禁皺成一團。

「妖精香水。」卡薩布蘭加笑嘻嘻地說，在瑪瑙的羽刀架上自己頸側前靈敏地跳開，也還給翡翠自由。

「妖精香水？」翡翠下意識低頭嗅聞自己的領口，卻聞不出身上有什麼味道。

「這樣一來，你聞起來就會像木妖精啦。」卡薩布蘭加眼裡盡是說不出的狡獪，彷彿她看出了什麼，但不打算揭穿。

「妳想對翠翠做什麼！」落後瑪瑙幾步的珊瑚終於趕上，她挽住翡翠的手臂，使勁拉開兩人的距離，「萬一翠翠被妳壓壞了怎麼辦？」

「太過分了吧，我這苗條的身材哪可能壓壞人，我的體重可是比羽毛還輕的。」卡薩布蘭加自豪地挺起胸，「不信妳問翡翠，剛剛他有沒有感受到丁點重量？」

「當然是重……」

「沒有感受到的話就能再得到三枚晶幣呢。」

「當然是一點也不重啊。」翡翠馬上屈服於金錢的攻勢之下。

「喔。」既然翡翠都這麼說了，珊瑚對卡薩布蘭加的敵意立即大幅減少。

「對了、對了，能不能順便也讓我聞聞看斯利斐爾的味道？」卡薩布蘭加話鋒一轉，興致勃勃地看向飄在翡翠身側的銀白光球，「聽桑回說他也復活了，雖然變成了一顆球。唔唔唔唔，還眞的是一顆球呢，不僅圓潤，還閃閃發光的漂亮球。所以能讓我聞聞嗎？我願意加錢！」

「斯利斐爾拜託你犧牲了！」翡翠拿出爆發力，迅雷不及掩耳地抓住光球，一把送到卡薩布蘭加面前。

即便只短短一瞬斯利斐爾就從翡翠的掌心掙脫，但卡薩布蘭加還是獲得了她想要的答案。

「雖然都是復活，但你們倆的味道聞起來可真不一樣。」卡薩布蘭加感慨地說道。

「你們？斯利斐爾跟誰？」翡翠摀著慘遭斯利斐爾凶猛衝撞的額頭，好奇地看向卡薩布蘭加。

「跟蘿麗塔嗎？」珍珠從方才的對話推測。

「對。」卡薩布蘭加爽快地說，「斯利斐爾沒有味道，就跟空氣、跟風一樣，暗夜族的小公主聞起來則是冷冰冰的。」

頓了一頓，綠髮的公會負責人忽地瞇細眼，若有所思的呢喃在唇齒間轉了一圈，最後如水珠落下。

「——像墓地深處的泥土。」

太陽即將西沉，橘紅的霞光彷彿一場大火席捲天邊，把連綿不絕的雲朵燒得沸騰。白房子村的屋頂像是被夕照染了色，籠罩著一層暖色調的光芒。

下午的走動調查讓眾人消耗不少體力，翡翠覺得自己需要美食撫慰疲累的身心。

偏偏白房子村情況太過詭異，沒人曉得那些攤子上販賣的食物能不能吃。保險起見，翡翠決定還是不要冒險嘗試。

他們身上目前的糧食只有晶幣和一袋煙燻咖啡起司馬鈴薯，撐上幾天不成問題，但心靈肯定會大不滿足。

就像是呼應翡翠此時的想法，他的肚子突然傳出一陣咕嚕咕嚕的鳴叫，馬上引來瑪瑙等人的關切。

翡翠可不想在卡薩布蘭加面前表演生啃晶幣的技能，而且他也不想吃那麼難吃的晶幣。

「你們待在村子裡的這幾天，吃食是怎麼解決的？」

「當然是自立自強，想辦法弄到食物囉。哈哈哈，你肚子餓了吧，可惜桑回不能讓你吃，公會還是很需要人力的，而且春麥那個裝嫩的小不點會追殺你喔。不然那麼大隻的羊，想想好像也很不錯，畢竟烤羊肉真的超級棒的嘛！」卡薩布蘭加忍不住想念起羊肉的滋味，她舔舔嘴唇，決定等事情結束後，回去馥曼好好犒賞自己一番。

叫鬱金弄隻小羔羊回來，再拉桑回一起舉辦烤肉盛會，當然還有一點絕不能錯過。

好。

那就是，撒滿砂糖！

不撒糖怎麼會好吃呢？

要是翡翠能讀到卡薩布蘭加的想法，定會退避三舍，他更喜歡砂糖待在甜點裡就好。

「走吧、走吧，帶你們去找好吃的，我們這幾天都是靠那邊的食材過活。」卡薩布蘭加豪爽一笑，領著繁星冒險團前往白房子村的西南邊。

那裡緊臨大海，遼闊的海洋看不見邊際，不知會接連到哪邊去，海面被夕照染成瑰麗的金橙色。

深藍的海浪前仆後繼地湧上岸，在礫石上碎成四散的水花，浪濤拍打聲此起彼落，像規律的樂章。

海邊能看見眾多奇形怪狀的礁石，它們有大有小，其中一排特別醒目。

那些深灰色的嶙峋巨石從岸邊延伸到海中，堆排在一起的形狀就好像一條大大的獅尾垂到了海中間。

卡薩布蘭加等人也不是沒有試著從海上逃脫，但不論前進多遠，最後都會回到原來的位置，彷彿從來沒有離開過。

這讓他們只能打消由大海離開的念頭。

海灘上聚集著一夥人，其中一人正是先前與翡翠幾人分開行動的加爾罕。

就連桑回也在那邊。

令翡翠大感遺憾的是，桑回已恢復人形，不再是他心心念念的閃閃發光大金羊。

與加爾罕待在一起的幾名男女雖然面容陌生，但繁星冒險團立即猜出來那幾位必然就是護衛蘿麗塔安全的暗夜族。

暗夜族圍在一起，像在忙碌什麼，一開始甚至沒注意到翡翠他們的到來，還是桑回最先察覺到動靜。

金棕髮色的病弱男人一回過頭，臉色當場變得更白了，整個人看起來也搖搖欲墜。

「嗨，桑回。」對上桑回驚恐的視線，卡薩布蘭加笑得更開心了，「你的好朋友卡薩布蘭加回來啦，還帶上你更好的朋友。如何，開心嗎？驚喜嗎？不用說了，反正我覺得你開心跟驚喜就行了。」

桑回也不想說話，只想摀住嘴，咳一口血來表達自己的悲慟。

他就是不願那麼快碰上翡翠才跑到這裡來，結果卡薩布蘭加直接把人帶過來了。

「我……咳咳，真是謝謝妳啊，卡薩布蘭加。」桑回咬牙切齒。

「不用謝啦，誰教我就是那麼溫柔體貼又善良呢？」卡薩布蘭加毫不心虛地自誇，「如果真的想感謝我，就陪我一起回馥曼，然後在那邊待上十天吧。每天都得聽我說話喔，啊，不過我記得你答應過路那利會先邀繁星冒險團到你們華格那作客嘛，沒關係，我一起跟著去就好了。」

「別！」桑回幾乎是慘叫了。

翡翠加上卡薩布蘭加，這是什麼終極煉獄嗎？他還寧願跑去加雅讓流蘇試藥算了。

「哈哈哈哈，就知道你會開心的！」卡薩布蘭加無視桑回慘白的臉色，向另一旁的暗夜族介紹起繁星冒險團。

她這人愛熱鬧又自來熟，這幾天相處下來早就把幾名暗夜族的性格摸熟了，就連身家也挖得差不多。

「喬納爾、西瑟、愛德華、伊拉、蜜雪兒。」她逐一喊出幾個人的名字，也讓翡翠他們認識認識，「這是繁星冒險團的翡翠、瑪瑙、珍珠還有珊瑚。」

卡薩布蘭加覷望了空中的光球一眼，直覺地沒把他的存在暴露在眾人的目光下。

「繁星……我聽見有星星。」挾帶一絲睏意的稚嫩嗓音冷不防傳來。

暗夜族人不約而同地看向同一個方向。

加爾罕的包包被由內打開，一名宛如洋娃娃嬌小精美的小女孩探出腦袋，銀星似的眸子眨呀眨的，像要把殘存睡意眨掉。

縱使事先已知蘿麗塔死而復活，但親眼目睹暗夜族的小公主再度活生生地出現在面前，翡翠等人還是忍不住感到吃驚。

還染著一絲迷濛的眼眸轉來轉去，直到盯上了繁星冒險團。

「咦？」蘿麗塔軟綿綿地喊出了一個音節，遲鈍的語氣像是還沒反應過來。

「啊，蘿麗塔！」珊瑚是最懲不住情緒的人，瞧見那抹見過多次的小巧人影，登時瞠圓了眼睛，「眞的沒死耶，爲什麼妳會活過來啊？」

這毫不修飾的直白話語讓暗夜族當下怒目而視，瞪向繁星冒險團的眼神都帶著幾分排斥。

「我也不知道耶，蘿麗塔有死掉嗎？可是我明明就在這裡呀。」反倒蘿麗塔一點也不介意，似乎還在努力思考這幾名漂亮的妖精是誰。她歪著頭，嘟囔著繁星繁星……

然後她恍然大悟地拉高了軟軟的聲音，連帶地轉移了自己族人的注意力。

「繁星，繁星冒險團！蘿麗塔想起來了，瑪瑙、珍珠、珊瑚、翡翠，我都還記得呢。可是瑪瑙、珍珠、珊瑚不是掌心妖精嗎？明明應該比蘿麗塔還小的……」

蘿麗塔從背包裡爬出來，背後張開金色蝠翼，懸停在半空中。她仰著頭，伸手比劃了下自己與瑪瑙等人的高度，傷心地發現他們真的都變好大。

「妳記錯了，珊瑚大人從以前就很大，誰讓我那麼厲害。」珊瑚臉不紅、氣不喘地篡改回憶。

她得意地瞥向蘿麗塔，又挺直了腰桿，把身體繃得更挺，讓雙方的體型差距更明顯。

瑪瑙面無表情，但卻用最挑剔的視線將蘿麗塔從髮絲打量到鞋尖，得到一個讓他滿意的答案。

以前就沒他可愛，現在也沒他好看。

珍珠也從書本裡分出一絲注意力，狀似隨意地朝暗夜族瞥望一圈，其實在蘿麗塔身上停留了好幾秒，隨後她點點頭，又垂下纖長的眼睫。

還是沒她迷人。

蘿麗塔不知道三名精靈對自己不客氣地品頭論足了一番，她忽然又「啊」了一聲，對著翡翠鞠了一個躬。

「謝謝你呀，翡翠，加爾罕說是你救他的，身爲一個好公主要懂得報恩。你喜歡五瓶兔兔牌番茄汁還是六瓶？」

「呃，不能有兔兔牌番茄汁以外的選項嗎？」在格里尼被珂妮用番茄汁荼毒的那些日子，至今還在翡翠心中留有深刻的陰影。

就算他又累又餓，也不想再看到兔兔牌番茄汁。

「卡薩布蘭加，妳說的食材在哪？」翡翠比較在意的是這點。

他望了滿是礫石的海灘一圈，視線再落到暗夜族的後方，看到幾隻被去鱗、睜著無神大眼的魚躺在地上。

他心裡有個不太妙的猜想，「難道說、該不會？」

「你不是看到了嗎？」卡薩布蘭加咧嘴一笑，法杖指向那幾尾魚。

「抓魚啊，海裡很多食材任你發揮的。這裡的魚也不難抓，雖然刺挺多，但肉質鮮美滑嫩，比起村裡不知有沒有危險性的食物，肯定安全多了。不只是魚，在礁石附近還能挖到星貝，再搭配現採海藻，星貝沙拉可是超級棒的喔。如何如何，要不要試試？」

翡翠靜默片刻，他要是真的吃下去，試試就變逝世了。

好吧，其實也沒那麼誇張。

但就算不到會去見眞神的地步，苦頭鐵定是要嘗一輪的。

該死的海鮮過敏！

看到幾名暗夜族已手腳俐落地弄起烤魚，翡翠趕緊強迫自己移開視線。再看下去，他怕會控制不住自己啊。

「一起來吃魚啊，還可以配兔兔牌番茄汁喔。」蘿麗塔熱情地邀請翡翠幾人。

雖說翡翠無法吃任何海鮮，但思及自家小精靈該好好吃點東西，他腳步一頓，正想答應，瑪瑙忽然拉了拉他的衣角，與他說起悄悄話。

「翠翠，我們去那邊好不好？這邊人太多，我怕生。」瑪瑙用著最柔弱的語氣和最能引人心疼的眼神，成功地讓翡翠轉移注意力。

「瑪瑙哪裡怕生？」偷聽到的珊瑚拉著珍珠咕噥，滿心疑惑，「不都是別人怕他？不過珊瑚大人可不怕。」

「翠翠想讓我們吃魚，但瑪瑙不想要翠翠只能在旁邊看著，懂嗎？」珍珠往珊瑚那遞出手。

「喔喔，懂了。」珊瑚心領神會，馬上拉著視線還黏在書裡的珍珠往前走。

「桑回．伊斯坦，你想去哪呢？」卡薩布蘭加滿臉笑容地勾住桑回的手臂，強行把人拖著走，「過來、過來，你難道不想跟你的好朋友多培養感情嗎？」

桑回試圖掙脫，無奈卡薩布蘭加臂力實在大得驚人，像鐵箝牢牢扣住他不放。

「還有你的小書迷啊，聽說珍珠非常非常喜歡你的書，難道你要讓人家失望嗎？嘖嘖，身爲作家怎麼能這樣。當然要在她面前直接表演一天寫完一本作品，然後送給她！」

不管是哪一項提議，桑回都覺得卡薩布蘭加分明是要他死吧！

# 第8章

翡翠最終還是避不開烤魚的香氣。

不只是暗夜族在烤，卡薩布蘭加也抓了幾條魚回來，還好心地撈了幾條海帶，讓海鮮過敏的翡翠啃個菜。

火堆很快搭好，去鱗、清除內臟的魚被架在火旁，燃動的火舌拂過魚皮表面，烤熟的魚肉傳出挑動食欲的誘人氣味。

「斯利斐爾，說好的特殊獎勵，爲什麼我只看過一次啊。世界意志跟眞神是騙人的嗎？」他呑呑口水，爲了擺脫對魚的渴望，乾脆眼神發直地盯著桑回不放，腦中則開始發出連串質問。

「有機會，可以獲得特殊獎勵。」斯利斐爾慢條斯理地說道：「您對這幾個字有哪裡不了解嗎？還是須要在下爲您解釋『有機會』的含意？」

翡翠氣得想磨牙，他當然知道什麼叫有機會，從另個方向想就是有可能也沒機會。

可是他們一路完成任務，除了記憶盒子外，不是沒觸發特殊獎勵，就是換來銘謝惠顧，這擺明是坑人吧。

「你們這些黑心商人！」翡翠痛徹心扉地大喊著。

「您錯了，要是真的黑心，那您估計就不會是海鮮過敏，而是肉類過敏了，您也不用浪費時間盯著桑回瞧了。」斯利斐爾平淡說道，語氣中有著露骨的遺憾。

翡翠瞬間吞回對海鮮過敏症的抱怨。扣掉海鮮他還能吃肉，要是來個肉類過敏，那他就只能慘兮兮地吃素了。

想到這裡，翡翠頓時用更熾熱的目光凝視著桑回。

桑回打了個哆嗦，把大衣拉得更緊，儘可能坐離翡翠更遠些。

好在珍珠很快解救了他。

「伊斯坦先生，方便的話能不能跟您一起討論高麗菜和萵苣之間的感情呢？」珍珠舉起書，滿臉崇敬地望著桑回，「它們喜歡在客廳、房間、浴室還有天台抱在一起滾來滾去。但只有室內似乎有點可惜，您的續集會願意將地點拓展到野外嗎？火山之巔跟沙漠之淵您覺得如何呢？」

珊瑚完全不能理解兩顆菜抱在一起滾來滾去有什麼好討論的，但看著珍珠再認眞不過的表情，本能告訴她，千萬別在這時提出任何質疑。

會發生可怕的事。

珊瑚無聊地東張西望，想找點有趣的事打發時間。她的目光掃過暗夜族，又往其他處移去，接著驀地停留在一點不動。

珊瑚揉揉眼睛，起初以爲自己眼花了，可當她再定睛一看——

遠處的大海眞的平空冒出一抹人影。

那人走在海面上，步履優雅，彷彿腳下踩的是一條再平坦不過的道路。

而且是朝著岸邊不疾不徐地走過來。

「翠翠、翠翠！」距離隔得遠，珊瑚只能看出是人形輪廓，「快看，那裡有人！」

珊瑚的喊聲吸引了眾人的注意力。

「喔……」卡薩布蘭加瞇眼遠眺，「應該是他回來了吧，看樣子果然還是碰壁了呢。」

「他？誰？等等，所以不是只有你們兩個人？」翡翠慢了一拍才終於醒悟過來，不禁也好奇地望向海面。

明明雙方相距遙遠，可海上的那人彷彿察覺到翡翠的目光，步子驟然加快，由走變成了小跑步，繼而在海面上全力飛奔，簡直就像一枚疾射的子彈。

片刻後，翡翠他們的視野當中就能清晰地看見那人。

翡翠吃驚地低呼一聲，他還眞沒想到桑回他們的第三名同伴居然是路那利。

水之魔女是怎麼跟這兩位公會負責人組成隊伍的？

「藍藍的，是路那利耶！」珊瑚高喊一聲。

隨著與岸上眾人距離大幅拉近，路那利的速度逐漸放緩，變回端莊的步伐，好似先前迫切前進的人不是他一樣。

他一身華麗精緻的衣裙，夕陽的餘暉彷彿是爲波浪般的裙襬鍍上一層奢華，水藍的髮絲在海風間拂動，如同潺動的水流。

翡翠覺得路那利的服裝好像比緋月鎮見到的那次更華美了。

路那利噙著動人的笑，一步步走向翡翠，一朵朵剔透細緻的冰花隨之於腳邊綻放。

當他來到翡翠面前，冰花錦簇地圍繞在兩人身周，形成了如夢似幻的畫面。

然後路那利的笑容垮下，冰花也跟著碎了一地。

「太讓我難過了，小蝴蝶，你沒有好好照顧你的皮膚和頭髮。」

「啊？啊啊啊啊？」突如其來的指責讓翡翠反應不過來。

「你的美貌依舊耀眼無比，勝過我所有收藏品。可是，它們能夠更好的，可以更上一層樓的。但現在與緋月鎮那時相比，失去了充分的光澤與彈性，就連睫毛的捲翹也少了一分。」

路那利眼神犀利地在翡翠全身下上掃過一圈，眼中的心疼幾乎滿溢出來。

「上次在緋月鎮沒有機會，這次等離開這鬼地方後，一定要讓我徹底爲你執行保養方案。」

「翠翠有哪裡改變嗎？爲什麼珊瑚大人完全看不出來？」珊瑚聽得暈乎乎的，連忙小聲問向瑪瑙。

「因爲妳笨。」瑪瑙冷漠地拋下四個字，在路那利的手掌要摸上翡翠的臉頰之前，羽刃猛地橫插過去，阻攔那隻想得寸進尺的手。

翡翠給了瑪瑙讚賞的一眼。畢竟比起被男人摸臉，他更希望是牛排或蛋糕來碰觸自己。

「路那利，你怎麼會和桑回他們……還有你在海上幹嘛？」翡翠問出心中疑惑。

「桑回委託我幫忙一起調查白房子村。」路那利簡單地講述了和兩位負責人同行的緣由，「本來以爲能在這逮到榮光會的蟲子，沒料到村內會是這種情況。我去海上是想再測試大海的界線究竟到哪裡，雖然昨天和今天走的距離不同，但明明是往外走，一回過神會發現又踏在折返的路上。」

得到的結論就是不管從陸地或海上，都無法離開白房子村。

「先吃完東西再討論吧，肚子空空，腦袋也會空空的。」卡薩布蘭加將烤好的魚遞給其他人。

至於翡翠，只能拿到烤過的海帶。

吃飽喝足，熄了火堆，卡薩布蘭加繼續方才的話題。

「這地方恐怕是被設了結界，才會讓我們怎樣都出不去。想要破除結界，最基本的還是得先找出魔法陣，才有辦法判斷結界的構造和類型。但新的問題來了，要從哪獲得魔法陣的線索？」

「通常是從村裡怪異的地方著手。」桑回慢慢地說，「但經過這幾天的觀察，能稱得上怪異的地方，大概就是看不見我們的村民，以及每日定時出現的奇美拉，還有……村子裡看不見植物的存在。」

「有看見啊。」珊瑚納悶地反駁，「珊瑚大人就有看見！」

「妳看見了？在哪看見的？」卡薩布蘭加大吃一驚，「先聲明，看到我的藤蔓可不算，我們說的是村子裡的植物喔。」

「就是有嘛，不信你們自己看。」珊瑚像是不滿遭受質疑，拿出了在貝殼小山找到的玻璃瓶。

瓶子裡裝著一株色澤墨綠、令人想到毛線球的奇特植物。

「安古蘭？」卡薩布蘭加一眼認出植物種類，「而且為什麼要裝在瓶子裡？我能打開嗎？」

珊瑚下意識看了翡翠一眼，翡翠點點頭。

卡薩布蘭加身為熟悉植物的木妖精，說不定能發現他們不知道的細節。

卡薩布蘭加把安古蘭拿在手上翻來覆去地觀察，又放到鼻前聞了聞，「看起來就是很普通的安古蘭，你們在哪找到的？」

「珊瑚大人在那邊……」珊瑚比了個大概方向，「在一堆貝殼底下找到的。本來是在追一個奇怪的綠斗篷男人，我明明都抓到他了，結果他就忽然不見了。」

「綠斗篷？」桑回回想一下，搖了搖頭，「我在村裡沒見過……咳咳，綠斗篷的人，難道說是榮光會？」

「事實上，我也碰到了一個綠斗篷男人，他看得到我。」翡翠若有所思地說，「但那個人，他能和村人交流。」

此話一出，猶如落石激起千層浪。

桑回他們神色一凜，翡翠的說法無疑推翻了這幾日他們的觀察。

「我見過他兩次。」事到如今，翡翠也不再隱瞞，「第一次他對我說去找花，我那時以爲是自己看錯。接著是不久前，我又看到他，他似乎是故意引我追過去，讓我發現了另一朵安古蘭。只不過不是眞花，而是畫在地面的圖案。」

「都是安古蘭，這有什麼含意嗎？」卡薩布蘭加沉思，「安古蘭也不是什麼罕見珍貴的花，要說哪邊比較特別……唔，翡翠，你把花摘下來揉一揉。」

接過卡薩布蘭加遞來的花，翡翠依言照做，結果只見掌心被染上了一片深紫，「然後呢？」

「然後您的手有三天要變成紫色了。」斯利斐爾冷淡地說，「在下提醒過您了，安古蘭的汁液很難弄掉。」

「哈哈哈哈，沒錯，這算是它唯一比較特別的地方。」卡薩布蘭加朝翡翠眨眨眼，「還能保證這三天你完全不會被蚊蟲叮咬，牠們可是非常討厭安古蘭的氣味。不過這樣看來，確實是一朵很普通的安古蘭。慘了慘了，越想越不懂，越想越頭痛，這個安古蘭到底藏有什麼祕密呀？」

「是啊，究竟藏有什麼祕密……」翡翠注視手上的殘破花朵，眉宇緊蹙，想起那張畫著四朵安古蘭的信紙。

紙上除了畫著四朵花以外，就什麼訊息也沒有。最後還在馬車上自燃，燒得什麼也不剩。

明明上次拿到的信紙沒有發生這種狀況，為什麼這次拿到的會無端燒起來……

等等，燒！

翡翠猛地一個激靈，墨色瞳孔遽然收縮，一個匪夷所思的猜測躍上心頭。

「珊瑚！」翡翠立刻喊了一聲，「把這朵花燒掉，快！」

「翡翠？」桑回爲翡翠突來的舉動大吃一驚，「你爲什麼要……」

「交給珊瑚大人吧！」珊瑚比出射擊的姿勢，食指對準翡翠拋至空中的安古蘭。

焰光閃動，控制精準的火焰彈吞噬了墨綠色的花朵。

就在安古蘭徹底燃爲灰燼的剎那，被夜色染深的天空出現異變。

暗金色的光輝瞬間在夜空中亮起，勾勒出一個巨大的圓弧輪廓，乍看下猶如一張大網覆蓋住整座白房子村。

包括翡翠他們所在的海灘，還有更遙遠的大海，皆被光網納入其中。

光網只出現片刻，幾個閃滅又消失得無影無蹤，彷彿一場幻覺。

「那是什麼？」加爾罕仰著頭，看著如今空無一物的夜色，幾乎懷疑自己眼花了。

下一秒，一名女性暗夜族倏然指著天空，驚喊出聲，「快看！」

像是墨水傾倒般，被染得闃黑的夜空中再次出現異狀。

先是幾點微弱的金光如星子閃爍，緊接著無數光點往上延伸。

點成了線，線又分岔成更多脈絡，轉眼間行雲流水地勾勒出繁複古怪的符文，佔據了部分天空。

覆蓋在天際的，赫然是一個只顯現出局部的大型魔法陣。

即使只有一部分，也足以讓人想像出它的完整面貌究竟會有多龐大。

「結界的法陣……居然是藏在那種地方嗎？」卡薩布蘭加的輕喃融入了夜氣。

法陣暴露出部分痕跡後，翡翠就知道自己的猜想正確，他握緊染上深紫的拳頭，立刻喊上三名精靈。

「瑪瑙、珍珠、珊瑚。」

繁星冒險團離開得突然，連路那利和桑回也追隨他們的腳步，片刻消失在海灘上。

卡薩布蘭加則留在原地，她收回仰望高空法陣的目光，望向另一邊有些不知所措、也不知道到底發生什麼事的暗夜族人。

「卡薩布蘭加，他們這是去……」加爾罕被翡翠等人的舉動弄懵了，濃密的大鬍子也遮不住他的滿臉困惑。

「晚點你們就知道了。」卡薩布蘭加沒有解釋，她吐出一口氣，忍不住又再次抬頭向上望。

只要不出意外，想必魔法陣的其他部分過不久就會顯露出來了吧。

入夜的白房子村變得格外冷清。

明明距離日落沒過太久，黑闃的夜色才剛塗抹上天空，可路上幾乎已不見村人。原本白日算是熱鬧的村落彷彿被抽走生命力，只餘大片死寂。

但這對翡翠幾人來說反而更便於行事。

翡翠前往的地方不是別處，正是第二朵安古蘭的所在地。

墨綠的線條看似雜亂無章地散布在路面上，若不是從高處發現了它的玄機，翡翠一定也不會想到安古蘭居然會以這種形式藏在這裡。

「珊瑚跟我上來。」翡翠靈敏地跳躍到可以將安古蘭圖騰全收入眼內的屋頂上，珊瑚跟著落腳在他身畔。

其餘人則是選定了其他高處站立。

高空的暗金法陣紋路成爲另類照明，讓人得以輕易看清下方景色。

「眞的有花耶，好大一朵花！」珊瑚四下張望。有了先前的經驗，不用翡翠說明，她已明白自己該做什麼。

珊瑚對著食指輕吹一口氣，火苗平空冒出，轉瞬竄爲更猛烈的火焰。在她身周環繞一圈後，便猛地往下方飛射。

在珊瑚的控制下，緋紅色火焰像條大蛇靈活遊走，它平貼著地面，高溫毫不留情地燒灼過那些淩亂的墨綠線條。

奇異的事發生了。

凡是火焰巡遊過的位置，原先附著在地上的墨綠色就像被看不見的畫筆塗去痕跡，消失在眾目睽睽之下。

墨綠色線條越來越少，安古蘭的輪廓也漸漸瓦解。

隨著第二朵安古蘭不復存在，天空再次產生了變化。

第二塊魔法陣出現了，它像是巨大的金色花瓣覆蓋在夜空上，暗金符紋串連在一起，如同密密麻麻的鎖鍊縱橫交錯。

在法陣金光的輝映下，底下的人們顯得格外渺小。

翡翠佇立於屋頂上，抬頭仰望那半片金紋。

那張信紙並不是無緣無故自燃。

那原來是一個暗示。

只要燒了安古蘭，隱匿的魔法陣就會暴露痕跡，在所有人眼中現形。

「是個狡猾的法陣。」斯利斐爾冷不防在翡翠的意識裡出聲。

「什麼？」翡翠不解。

「有種法陣會採用獨特的建構方式，在它完全展現之前，那些表露在外的局部符文都只是一種假象。」斯利斐爾淡淡地說。

「麻煩一下，用更簡單的方式說明。」翡翠必須承認他有聽沒有懂。

斯利斐爾像是忍耐地嘆口氣，「您的腦子……算了，在下還是別浪費時間去計較您我彼此心知肚明的事。」

翡翠得說這聽起來更讓人在意了，但他也曉得現在不是追究的時候。他保持靜默，果然很快就等到斯利斐爾更淺顯易懂的說明。

「我們此刻所看到的符文排列並不正確，那只是一種障眼法，讓人無法藉此解讀法陣的眞正作用。」

翡翠懂了，「簡單來説，就是看起來是個烤羊腿，結果咬下去才發現是塊蛋糕？」

「您的比喻很差勁。但，對的，您可以這麼理解。」

翡翠這下能理解斯利斐爾爲什麼會說這是一個狡猾的法陣了。就算沒有直接證據，他心中還是自動浮現出一個名字。

——伊利葉。

曾在緋月鎮，用雙重法陣瞞過斯利斐爾，差點讓他們全軍覆沒的大魔法師伊利葉。

「翠翠，還有別的花要燒嗎？」珊瑚似乎是覺得燒不過癮，眼眸滴溜溜地轉動。

「沒了，先回去吧，我們明天再繼續找。」翡翠朝自家小精靈招招手，正要往下一躍，桑回的呼喊同一時間響起。

「快看天空！」

這一聲喊住了所有人的腳步，大夥反射性再抬起頭。

只見隨著兩塊魔法陣緊密相連在一起，成了半壁堡壘圈圍住白房子村，法陣的最頂端中心點霍地浮出截然不同的色彩。

濃暗的墨綠從紋路內滲溢出來，將暗金法陣暈染出怪異的色塊，簡直像是有誰不小心從高空打翻了一瓶顏料。

目睹此景的眾人卻是一時半會都說不出話來，他們怔怔地仰望天空，仰望著在法陣中心開出的第三朵花。

第三朵安古蘭。

翡翠是最快回過神的，震驚過後，他當機立斷大喝，「珍珠！」

「明白。」珍珠的聲音是慢悠悠的，可手上動作一點也不慢。原先小巧的雙生杖在她手中變成修長的冰晶法杖，皓白如月的光芒同時閃耀。

多片能供人踩踏的光板在空中成形，像是一座直通天邊的階梯。

珊瑚知道自己該怎麼做。

她咧開凶狠的笑容，紅眸熾熾，一個箭步踩上了光之梯，全速往上一路衝刺。

她速度極快，背後猶如展開一雙翅膀，要將她送達遙遠的天際。

「就看珊瑚大人的吧！」珊瑚卯足了勁，在翡翠面前力求表現。

她高舉自己如大槌的雙生杖，艷紅色烈火迅速圈圈環繞，轉眼就在法杖頂端凝成一顆碩大搶眼的火球。

在法陣的金光照耀下，火球的光芒卻絲毫不遜色。

火光把珊瑚野性的臉蛋照得發亮，她來勢洶洶地逼近天空，蓄勢待發地在最好的時機發射火焰球。

砰！珊瑚做了一個口形，法杖頂端的火焰球同時如炮彈射出，直衝雲霄。

火舌張牙舞爪地舔舐空中的墨綠花紋，焰光流轉，彈指間就將偌大的安古蘭燒得丁點也不剩。

珍珠心念一轉，凌空光板無預警連接成一塊，形成一條長長的坡道。

珊瑚就像是乘坐滑梯，一晃眼便從高處滑到了屋頂上。

她癱平手腳，微喘著氣，大大的笑容掛在臉上，像隻無憂無慮的開心小狗。

天空上的烈焰把最後一抹墨綠燒光，旋即暗金亮光驟然一閃，第三塊魔法陣如同剛尋回的拼圖，安安靜靜地浮現在夜色之下。

剩下最後一朵花。

剩下最後一塊。

# 第9章

黑夜過去，白房子村又迎來了新一天。

村人日出而作，街上沒一會便響起此起彼落的人聲，誰也沒留意到頭頂上籠罩著一個不完整的巨大暗金法陣。

就算有人抬起頭，也只是嘀咕今日陽光刺眼，彷彿看不見即便在白天也亮著光澤的複雜符文。

白房子村的人看不到，但翡翠他們看得清清楚楚。

經過一夜，高空中的大型法陣沒有消失，證實了昨晚經歷的一切不是夢。

想要突破村莊的結界，就得先想辦法找出第四朵安古蘭，讓魔法陣的最後一塊成功顯現。

因此無論是暗夜族或是繁星冒險團，眾人有了共同的目標——

找到最後一朵安古蘭。

只不過要在一座村子找一朵不知會以何種形式呈現、更不知是大是小的花，並不是容易的事。

爲了提高效率，同時還要防範午後會出現的奇美拉，眾人決議分組進行，各自負責不同的區域。

翡翠和路那利、瑪瑙一起，珍珠、珊瑚和桑回同行，再附帶一個斯利斐爾；卡薩布蘭加則與暗夜族一塊行動。

如果碰上任何問題，就使用卡薩布蘭加提供的特殊煙火聯絡，就算在陽光之下也能清晰可見。

「這東西原來是煙火嗎？」翡翠看著手上的黑色物體，外觀形似密閉的百合花花苞，不管怎麼看都跟煙火搭不上邊，「我本來還想說是花的話，到底能不能……」

「不能吃。」斬釘截鐵的森冷聲音在翡翠腦海中出現，不留情地打碎他的妄想，「當然您如果執意想試，在下絕對不會阻止您。」

「我又沒說我要試……」翡翠才不傻，通常斯利斐爾會這麼說，就代表這東西吃下肚不會有什麼好下場，「我只是好奇問問，所以這是什麼植物？」

「煙火百合，用力砸地後會沖上天空，在白天會炸出黑色的圖案，夜晚和陰天則是白色。」斯利斐爾平靜地爲翡翠說明，「附帶一提，炸開後的圖案和您腦袋裡失去的內容物很像。」

「好的，今晚的睡前讀物就是《鬆餅與蜂蜜與巧克力不得不說的故事》了。」翡翠冷笑一聲，直接展示什麼叫作互相傷害。

逼得眞神代理人主動斷訊後，翡翠揉揉臉，倒是希望今晚眞的有時間唸睡前讀物。最怕的就是一無所獲，必須徹夜尋找。

翡翠摸出一顆煙燻咖啡起司馬鈴薯，那還是斯利斐爾看在他海鮮過敏、昨晚只能啃晶幣的份上，分開前大發慈悲地扔給他的。

翡翠將馬鈴薯湊至嘴邊，咬下一大口，然後罵了聲。

「幹！」

不能怪翡翠突然出口成髒，實在是他怎樣都想不到，馬鈴薯裡竟藏有伏兵。

斯利斐爾在裡面埋了一枚晶幣！

「翠翠？」距離不遠的瑪瑙絕不會錯過翡翠的變化，他立即快步跑回，金眸滿是關切。

像是深怕自己不在翡翠身邊的短短時間，對方就遭到什麼傷害。

過不久，連路那利也趕回來了。

雖然聽力不若精靈靈敏，但他在翡翠周邊放了一隻水蝴蝶，只要有任何不對勁，他就能藉著水蝴蝶的通報迅速折返。

「沒事，我沒事。」翡翠囫圇吞棗地把咬碎的晶幣一口氣吞下，表情出現剎那的扭曲，「你們那有找到什麼嗎？」

瑪瑙和路那利不約而同地搖了搖頭。

他們負責白房子村的東半部，也是最熱鬧幾條街道的聚集處，沿途採取地毯式搜索，包括村民的住屋也沒有放過。

但始終沒有發現。

「對不起，翠翠，要是我更有用一點就好了……」瑪瑙垂著頭，神情愧疚。

翡翠彷彿能看見一雙狗狗耳朵沮喪地耷拉下來。

正要抬手摸摸瑪瑙的腦袋給予安慰，一股強烈的注視感讓他倏地繃緊背脊。

有人在看自己！

翡翠收回手，猛地回過頭，黑瞳裡瞬間倒映出一截熟悉的暗綠色。

只露出半張臉的斗篷男人混在人群之中。

似乎沒料到翡翠那麼快便察覺自己，斗篷男人一時沒反應過來，僵愣在原地。

直到見翡翠往自己衝來，才像是受到驚嚇，立刻轉身就跑。

「瑪瑙、路那利，抓住那個綠色斗篷男！」翡翠高聲大喊，靈巧地繞過前方擋住的村人，眼裡是勢在必得的銳利光芒。

這一次，說什麼都不能讓那傢伙逃掉！

翡翠一轉身，瑪瑙的神情就從垂頭喪氣回復冷冽，眸裡泛起寒氣。

而在聽見翡翠的叫喊後，那股寒意猶如化為實質冰刃，射向了那名斗篷男人。

他隨即邁開大步，快得宛如離弦之箭，甚至一下越過翡翠的身影。

同時超越翡翠的還有路那利。

水之魔女手指往虛空一抹，多道冰錐成形，飛也似地疾射出去，像一束束流星急追在斗篷男人身後。

但斗篷男人專往人多的地方鑽，這讓路那利只能再一揮手，讓冰錐融成了水，無力地灑落在地面或村人身上。

換作以往，路那利肯定不在意自己的攻擊會不會誤傷無辜之人。但翡翠在場，他說什麼也不想在對方心裡留下壞印象。

翡翠可沒想到兩名同伴跑得比自己還快，他舌尖抵了抵上顎，快速掃視周遭一圈，心裡有了主意，當下改奔往另一不同方向。

瑪瑙和路那利就像在暗中較勁，誰也不服誰，都想在翡翠面前展現最完美的一面。

然而論起速度，瑪瑙仍更勝一籌。

只見白髮男人像道迅捷的閃電，足不沾地的幾個起落便攔截在斗篷男人前方，堵住了他的去路。

發覺前路被擋，斗篷男人連忙煞住腳步。他回過頭，後方是路那利召出了重重水流，阻擋了所有能逃脫的空隙。

前後遭到包夾，斗篷男人微抬腳後跟，接著突然往左側跑。他一個箭步踩上了堆疊於屋子旁邊的雜物，下一秒就要借力跳上屋頂。

可惜這個動作來不及實行。

斗篷男人還沒搆著屋頂，一張昳麗的笑顏已撞進他瞠大的眼裡。

選擇從另個方向包抄的翡翠早就做好守株待兔的準備，逮到冒出頭的綠兔子，直接掄起雙生杖毫不留情地把人打下去。

毫無防備的斗篷男人只能挨上一擊，狼狽地摔落在地。

翡翠俐落地一躍而下，在斗篷男人從暈眩和疼痛中回過神來之前，將雙生杖變成凜凜長刀，刀尖直指對方臉面。

「逮到你了，你到底是什麼人？」

坐直身體的斗篷男人沉默不語，兜帽掩住了他的表情變化，置放在身邊的手指緊張地蜷握著。

瑪瑙和路那利站在男人的左右兩側，目光冰冷，只要對方稍有不軌意圖，他們就會馬上出手。

男人還是沒說話，可翡翠眼尖地發覺對方的身形像在褪色。

不是形容詞，是真的在變淡。

憶及這人曾在珊瑚面前直接消失，翡翠下意識脫口喝阻，「不准跑，不准動！」

話一出口，翡翠都覺得自己傻了，對方最好是會乖乖聽他的命令啦。

可當他瞧見斗篷男人身子一震，連顏色都震回了原來濃度後，忍不住大吃一驚。

*居然……還眞的聽話了？*

雖然不知道爲什麼，但既然斗篷男人看起來沒有要逃跑的意思，翡翠心中也鬆了一口氣。

「你是誰？爲什麼要一直出現在我們身邊？」翡翠不再以刀尖指人，但長刀依然握在手中，「你是這村子的人嗎？爲什麼你能看到我們？」

「不肯說的話，也可以試試我的手段。」路那利動動手腕，唇角噙著妖冶冰冷的笑，看向斗篷男人的眼神就像在看一團死物。

斗篷男人像對路那利的威脅充耳不聞，他抬起手，摘下一直遮掩半張臉孔的兜帽，初次露出眞容。

對方五官輪廓深邃而俊俏，本該是一名綠髮的俊美男人，然而他的雙眼周圍卻覆著駭人的鮮紅斑紋，紋路凹凸不平，宛如一大塊恐怖傷疤。

「……抱歉，很嚇人。」像是怕嚇到翡翠他們，男人很快又把帽子拉上，讓自己的半張臉藏進了陰影下。

但這已足夠讓翡翠三人看清楚了，尤其是那雙尖長、不屬於人類的耳朵。

訝色閃過翡翠的臉，他沒想到這兩日一直在他們周邊出現的斗篷男人原來是……妖精族。

男人自稱凱亞拉，但已不記得自己是隸屬哪一支妖精族。

他連自己爲什麼會待在白房子村都不曉得。

凱亞拉有意識以來，似乎就是村子裡的一分子。他認識這裡的人，與村人相處愉快，也有屬於自己的屋子。

但他很快就發現有哪裡不對勁。

他離不開這座村子。

村子外面有一層看不見的障礙阻擋了他的行動，不管往哪個方向走，都走不出白房子村的範圍。

而村子裡的人什麼都沒察覺到，他們甚至從來沒有過離村的念頭。

就算凱亞拉提出疑問，得到的也是對方的滿臉困惑，像是無法理解他為何會想要踏離村子。

彷彿在所有人的認知裡，世界就只有白房子村這麼大。

凱亞拉有種直覺，若想破壞那層障礙、結束這惡夢般的一切，必須找到藏在村裡的四朵花。

奇異的是，他似乎能和那些花產生感應。

他能找出花朵的大概位置，卻無法進一步靠近，好像有股無形的力量在阻止他。

接著是第二個不對勁的部分。

——奇美拉。

那些像是由不同魔物拼組出來的怪物，它們現身得如此突然。

它們每一天都會在午後出現，然而除了自己，村裡的人都看不見它們。

不論凱亞拉如何示警，村人依舊無知無覺。

凱亞拉試圖保護其他人，最後死在一隻奇美拉的大口之下，他死前還能聽見自己的骨頭被咀嚼得咔滋咔滋響。

然後，他又活過來了。

隔天早晨，他再度睜開眼睛，發現自己躺在床上，身上沒有任何傷口，昨日的死亡像是一場夢境。

當凱亞拉走出屋子，看到了跟他一樣死而復生的鄰居。

然而對方全然不記得昨天曾被奇美拉殺害的事。

這讓凱亞拉幾乎以爲自己在作夢，直到奇美拉再次出現、再次殘暴地用尖牙利爪撕扯村民的身體，呑吃他們的四肢、血肉。

相同的境況一日日重複。

離不開村子，阻止不了認識之人的死亡，無法改變任何事。

對凱亞拉來說，這就是一場無法甦醒的惡夢。

他以爲這場惡夢會一成不變地持續下去，但變數出現了。

有陌生人進入了白房子村。

他們沒辦法和村人交流，但會設法從奇美拉的利齒下保護村人。

凱亞拉覺得自己看見了希望。也許……也許那些人可以阻止一切，打破這場永無止盡的夢魘。

「所以你才會故意引我們去找花？」翡翠回想起與凱亞拉的初次見面，後者給予了他提示。

可緊接著，翡翠意識到有個地方不對勁。

以順序來說，繁星冒險團是最晚抵達白房子村的一批人，前面可是還有暗夜族跟卡薩布蘭加他們。

既然如此，為什麼凱亞拉只出現在繁星冒險團面前？

總不可能是因為長得太好看吧。

翡翠雖然自戀，但也不至於自戀到這種地步。

「您身上有熟悉、令人安心的氣味。」凱亞拉喃喃地說，「我說不上來，但這讓我直覺地知道您是可以信賴、託付的人。」

「氣味？」翡翠下意識低頭嗅了嗅，沒聞到任何味道，「沒有啊。」

「有的。」凱亞拉堅持地說。像是怕翡翠懷疑自己所言，語氣滲入了一絲急切，

「我能聞到，我能感受到。」

「翠翠，會不會是昨日的香水。」瑪瑙拊在翡翠耳邊提醒。

翡翠頓時被勾起記憶，昨日他被卡薩布蘭加撲倒後，對方噴了所謂的妖精香水，會讓妖精誤以為他是同族。

而面前的凱亞拉就是妖精，如此一來確實說得通了。

「妖精的感應嗎……」翡翠恍然大悟。

「不只如此吧，你在隱瞞什麼？」路那利輕笑一聲，一柄森寒冰刀平空浮現在凱亞拉頸側，「照你的說法，你想要早點找到花，不是該先替我們引路嗎？我們當中還有個卡薩布蘭加，可你偏偏等到現在。」

「不能讓它察覺我和大家不一樣……」凱亞拉啞聲地說，「它和你們在一起，就算沒有一起，那時候它的碎片也飛在你們身邊。」

「是誰？」翡翠一凜。

「不是男人不是女人，也不是老人或小孩。」凱亞拉語氣有絲顫抖，像對口中的「它」感到畏怯，「白色的人帶著它的碎片，它就在你們之中，是它控制那些奇美拉的！」

凱亞拉的話無疑像是驚雷劈下，頓時讓翡翠三人愣在當場。

凱亞拉指的是繁星冒險團進村之前，那豈不是說……幕後主使者就藏在暗夜族人和桑回他們之間？

但這怎麼可能？他們當中分明沒有白色的人！

彷彿看出翡翠幾人未出口的質疑，凱亞拉神經質地緊抓自己的斗篷，「我不知道它是什麼，也不知道由你們看來它長怎樣，但在我眼裡，它就是白色的人。」

翡翠的一顆心如墜谷底，同時一股寒意竄過背後。

不知不覺間，操縱奇美拉的凶手居然一直跟他們在一起嗎？

問題是，是誰？

誰是凱亞拉說的白色之人？

又或者是……有誰在暗地裡被取代偽裝了嗎？

還沒等翡翠他們繼續追問，周邊冷不防響起了高亢的獸吼，緊接而來的是一道猙獰身影闖入視野之中。

那隻奇美拉的頭部令人想到犀牛，長著一根粗大的犄角，披著灰色毛皮。支撐結實身軀的卻是無數交纏在一起的紫黑觸鬚，觸鬚上有密密麻麻的大小吸盤，表面還泛著黏膩的光。

奇美拉的紅瞳亮起詭異光芒，喉頭逸出沉沉的咆哮，視線直直鎖定被翡翠三人包圍住的男性妖精。

翡翠驟然反應過來，比起他們這些外來者，奇美拉優先獵殺的目標都是白房子村的人。

它盯上了凱亞拉。

奇美拉的觸鬚霍地一甩，整隻魔物高速朝翡翠他們的方向衝撞過來，那猛烈的勁道和衝力簡直像橫衝直撞的坦克車。

路那利鞋尖用力一蹬，泛著冷氣的冰霜飛快往前蔓延，瞬間成了一道保護網，宛如冰山在他們面前拔地而起。

奇美拉撞上冰山，大大小小的裂紋遍布冰上。

再下一剎那，防護的冰山破碎，奇美拉醜惡的身影突破阻礙，身下多條觸鬚如鐵鞭揚起，猛地抽甩向翡翠等人。

其中一條觸鬚末端甚至直接裂成四瓣，像一張張開的大嘴，中心遍布細密立齒。

那條觸鬚鎖定的不是別人，正是凱亞拉！

翡翠抓住凱亞拉，帶著他急急往安全處躲避。

瑪瑙提著羽刀，快若疾風，直接迎上那些飛舞的觸鬚。

路那利五指虛攏，握住一柄平空凝成的冰劍。空氣中的水氣全都跟著震顫，轉眼就有大片尖細冰錐飄浮在他周邊。

「你在這待著。」翡翠想把凱亞拉推進一間屋子，「這裡安全，別亂跑就行。」

「不……不能繼續待在這裡，它們發現了！它們發現我不一樣了！」凱亞拉呼吸急促，反手用力緊握翡翠的手掌。

當雙方皮膚密切貼上，凱亞拉的手臂肌肉抽搐，控制不住的吃痛聲從唇齒間流洩，但很快又被他強行吞嚥回去。

翡翠沒忽視那聲抽氣，他下意識想抽回自己的手，弄清楚是怎麼回事，然而凱亞拉的手勁這一刻大得驚人。

「也許是昨天的花，也許是魔法陣暴露出來才讓它察覺……我不知道，但它一定是發現到我的異常了，我能感受到。」凱亞拉只覺掌心越來越灼燙，像有一團火在焚燒，連帶胸口也像有恐怖的火焰在囓咬他的心臟，「必須在它們抓住我之前找到花……我們得先去找花，最後一朵花！」

凱亞拉的懇求飄進了瑪瑙和路那利耳內，他們都知道最後一朵安古蘭有多重要。唯有找到花，才有機會破解白房子村上方的巨大法陣，繼而扭轉局勢。

「翠翠，你們快去，這裡交給我！」瑪瑙一刀削去觸鬚的醜陋吸盤，再一刀砍下觸鬚末端，刀尖湧出一股雪白光點，流螢似地鑽進了淌著黑血的斷口內。

「說錯了，是交給我才對，小蝴蝶你就儘管放心吧。」路那利一手揮動冰刀，另一手在空中揮劃，像是一位優雅的指揮家。

漫天冰錐頓如磅礴暴雨，不留情地落在奇美拉身上。

回頭望了眼那兩道值得信任的堅毅背影，翡翠深吸一口氣，不再猶豫地放鬆僵持的力量，讓凱亞拉抓著自己往另個方向跑。

海邊的天空不知何時堆積起碩大灰雲，它們層層疊疊，一下就把半片天空染成陰鬱的深灰色。

似乎再過一陣子，就會變成濃得化不開的闃黑。

日光被灰雲遮擋，原本明亮的天空逐漸黯淡，橫越高空的暗金法陣因而變得更加醒目。

數不清的晦澀符文鑲在空中，遠遠望去像密密麻麻的金色小蟲在高處靜靜發光。

在這片似乎風雨欲來的海灘上，卡薩布蘭加與七名暗夜族持續展開搜索，試圖找出安古蘭。

或者該說是六名暗夜族。

個子最小，力量也最小，還時不時可能陷入沉睡的蘿麗塔著實稱不上戰力。

頂多可以當個鼓舞人心的吉祥物。

卡薩布蘭加抬頭望了一眼天空上的法陣，「啊啊，看起來真像少了一塊的大餅啊。」

說到餅，這幾天全是吃海鮮，吃得我都膩了，眞想要麵粉類的食物。馥曼之前好像開了一家新店，專門賣麵包跟餅的……」

聽見卡薩布蘭加開始唸唸有詞，本來離她較近的暗夜族人立刻拉開距離，說什麼都不願再受噪音攻擊。

就連性格沉穩的加爾罕也揹著蘿麗塔快步離開。一來是不想聽卡薩布蘭加說個不停，二來是怕他們的公主殿下無意間被帶壞。

馥曼公會負責人的那張嘴巴，爲什麼就不能只有吃飯的功能呢？

這一刻，加爾罕的心情和馥曼分部的所有冒險獵人同步了。

卡薩布蘭加對於眾人的鳥獸散絲毫不在意，她一個人也有辦法說得自得其樂。

她收回探望暗金法陣的目光，繼續邊尋找安古蘭，邊爲自己的法杖纏上層層繃帶，像是太過無聊而幫法杖裝飾。

「哎呀，沒看到花……」小小的暗夜族公主趴在加爾罕背上，打了一個軟綿綿的呵欠，「看起來這裡不會有花啊，加爾罕。這裡都是石頭，石頭會長出花嗎？」

「石頭不會長出花，不過我們找的也不一定是眞花，殿下。」加爾罕耐心地說道，

「您要是累的話就閉上眼睛睡一覺。」

「不累、不累，我不累的呀。」蘿麗塔乖巧地說，「大家很辛苦、很努力，我喜歡大家努力的樣子。如果找不到花，我可以安慰大家喔。嗯，會找到嗎？能找到嗎？」

「一定能找到的。」加爾罕因蘿麗塔的童言童語而失笑。他怕對方一直待在他背上無聊，乾脆蹲下來，就地取材，用碎石堆出幾朵胖蘑菇的造形，「殿下，妳覺得這怎麼樣？」

以前在浮光密林裡，他們三個近衛總是會陪蘿麗塔玩堆蘑菇、猜名字的遊戲，看誰能堆得最像。

蘿麗塔鬆開雙手，從加爾罕背上滑下來，她歪著頭，認眞端詳那幾朵砂石蘑菇。就在加爾罕以爲蘿麗塔終於猜出自己堆的是什麼時，那道嬌小人影忽地用力一跳，把蘑菇踩得粉碎。

加爾罕愣住。

「不太好玩。」蘿麗塔軟軟地說，「我不喜歡蘑菇，我還是想看加爾罕努力找花的樣子，我可以再趴回去嗎？」

加爾罕張著嘴，他知道自己該回應他的殿下，然而聲音就像被絞緊在喉嚨深處，怎樣也無法順利發出。

「加爾罕，你和殿下在幹嘛？」幾名暗夜族靠了過來，好奇地看著一大一小。

「加爾罕在陪我玩。」蘿麗塔說道。

「這堆得挺醜的，該不會是蘑菇吧。」一名女暗夜族疑惑地說道：「加爾罕，你要堆好歹也堆些可愛的東西。」

「你們……」加爾罕聽見自己乾啞地問，他嗓子發疼，像是吞了燒紅的鐵塊般，「你們看不出這是什麼嗎？」

「像是蘑菇，是蘑菇吧。加爾罕你怎麼了？」另一人詫異地問。

加爾罕眼中映出那一張張再熟悉不過的同伴面孔，腦海卻是閃過剎那的空白。

「我堆的是發光小菇……」加爾罕喃喃地說，名為絕望的情緒在這一刻似海水漲潮漫淹上來，令他幾乎無法呼吸。

可即使如此，他的右手仍沒有一絲動搖地探向腰側，直至按住冰冷堅硬的劍柄。

「發光小菇，能夠產生光靈，對於熟知各種菌菇的暗夜族來說，更是不可或缺的重要之物。」卡薩布蘭加不知何時靠了過來，她站在加爾罕身後，還是那副悠閒的態度，灰眸裡看似一片寧靜，其實底下翻騰著洶湧浪濤，「是暗夜族絕對知道的菇類。」

唯有熟知她的公會夥伴們才會知道，她已進入了警戒狀態。

「喔……」蘿麗塔認真地點點頭，稚嫩的臉蛋上依然一派天真，「原來是這樣，沒有吸收完全果然還是會漏一些東西呢。但也沒辦法，畢竟都散成灰了呀。」

加爾罕按著劍柄的手指在顫抖，手臂肌肉更是整個抽搐了起來。

他感覺自己像被分成了兩半，一半清醒地面對這一切，一半猶如從靈魂深處被凌遲著。一顆心更是被凍住，只有椎心刺骨的冷從縫隙中不停傳出。

「所以啊，蘿麗塔殿下，我想問妳一個問題。」卡薩布蘭加掛著笑，「你們……到底是什麼東西！」

當卡薩布蘭加手中纏滿字符的法杖驟然拄地、多條藤蔓竄向那六人的同時，加爾罕也毅然抽出腰間佩劍，對自己的族人拔劍相向。

不，應該說是空有自己族人外表的存在。

綠藤像條靈敏的大蛇，以驚人的速度滑過布滿石礫的海灘，彈指間就將蘿麗塔和五名暗夜族人纏捲住，奪走了他們的自由。

「好過分喔，爲什麼卡薩布蘭加要這樣對我們？」被綁住的蘿麗塔沒有掙扎，只是露出了傷心的表情，長長的眼睫似有淚珠垂掛，迷濛的霧氣在銀眸裡渲染開來。

「妳到底是什麼東西？妳對喬納爾他們做了什麼！」加爾罕厲聲大吼，素來溫厚的面容扭曲，雙眼像淬了毒液。

加爾罕確信在與喬納爾等人分離之前，他們都還是自己最熟悉的族人。

既然如此，只可能是在白房子村的這段時間，那名披著蘿麗塔外表的東西對他們動手了。

「加爾罕好笨喔，難道還聽不懂嗎？」蘿麗塔吸吸鼻子，一副感到委屈的模樣。她眨動沾染著水氣的眼睫，聲音還是柔柔細細的，「都說吸收了呀，我把那些灰都吸收了，這樣我也算是蘿麗塔吧。其他人也一樣，那他們就是喬納爾、西瑟、愛德華、伊拉和蜜雪兒了。」

「妳是什麼……意思？」加爾罕心裡有個聲音在叫他別追問下去，但他還是控制不住地擠出沙啞的質問。

蘿麗塔眨眨眼睛，臉上的傷心在這瞬間抹去，天真無邪的笑容大大地綻放。

「可憐的小公主變成灰，我把灰吃掉啦。」

即便已做好心理準備、接受眞相衝擊的卡薩布蘭加，這一刻也手腳冰冷，感到顫慄席捲全身。

加爾罕更是如遭雷擊，整個人僵在原地，一時竟連聲音都發不出來。

蘿麗塔的復活宛如虛幻泡泡般珍貴脆弱，加爾罕一直小心翼翼的，就怕摔碎。

他以爲他們一族終於握住希望，可殘酷的現實卻對他無情嗤笑，他們終究只有破滅的絕望。

「哎呀，難吃死了，眞是難吃得要命。但這是吾主的命令呀，我只好努力一點了。」蘿麗塔輕快的語氣就像在哼著一首歌。

只不過這首歌曲裡，只有無止盡的惡毒和殘酷。

「喬納爾他們則是被另一群可愛的孩子吃掉了。進到白房子村後，那些孩子就鑽進喬納爾他們的身體，吸收他們的一切，繼承他們的記憶。唔，我本來以爲可以全都繼承的，現在看起來還是有漏洞呀，得回去報告吾主才行。」

「你們的主人又是誰？」卡薩布蘭加咬了下舌尖，極力穩住心神，左手則是暗暗往腰側口袋探去。

「偉大的吾主，賜予榮光給我們的吾主。」蘿麗塔眉眼彎彎，銀眸原本盛裝的天真霎時褪去，成了嗜血的狂氣，「你們這些下等的蟲子還不配知道，等你們從這些孩子手中活下來再來卑微地求問吧！」

變故就在這一瞬間發生。

一直安分不動的五名暗夜族突然像吹氣的氣球，身軀一口氣膨脹，皮膚底下浮現一條條蒼藍色的血管，如猙獰的大蛇四處鑽動，蔓延至他們的臉。

纏在他們身上的藤蔓承受不住負荷，隨著越來越碩大的體型一截截綳斷。

暗夜族的皮膚迸開多條嚇人的血紅色裂縫，裡頭像是即將掙脫出什麼。

下一剎那，還勉強維持人形的皮囊被完全撐裂，像破碎的布料散落於海灘上。

濃密的血紅色毛髮披覆在表面，臉部就像戴了一張白面具，上面只有三個如眼睛和嘴巴的孔洞，脖頸處則咧開一張駭人大嘴。

它們體型龐大，不動時似五座紅色小山，身上還能聽見怪異的嗚嗚聲，就好像有誰在呻吟哭喊。

發現聲音來源的加爾罕彷彿被當面直擊一拳，一陣暈眩襲來，費了好大的勁才站穩身子，但即使咬緊了牙關，依然憋不住發出絕望的呻吟。

那五具紅色身軀胸口上各嵌著一張臉，他們的表情像被定格在最恐懼的時候，大張的嘴巴不時發出嗚嗚聲。

那是五隻怪物。

五隻吸收了加爾罕族人的奇美拉。

蘿麗塔咯咯大笑，開心拍手，「去吧，去跟加爾罕和卡薩布蘭加玩！把他們的腸子扯出來，骨頭打碎，吸取骨髓，手腳踩成一團肉泥！」

「別開玩笑了，鬱金要是知道我死在這裡，那個小可憐可是會放聲大哭的。」卡薩布蘭加握著從口袋內掏出的黑色花苞，突然往地上用力一砸。

伴隨著尖銳的一聲長鳴，自燃成一團火焰的煙火百合拖著長長的尾巴直沖天際，在天空炸出絢麗璀璨的大片煙火。

# 第10章

當空中傳來轟然巨響，桑回、珊瑚和珍珠正面對著意圖撕咬路上村民的奇美拉。

那隻奇美拉外貌像是一條大蛇，只不過頭部位置僅有一張似人的嘴巴，沒有上下嘴唇包覆，露出成排的牙齒和暗紅牙齦；腹部位置有無數細密的小觸鬚，像是懸掛了一大柄刷子。

奇美拉速度敏捷，粗長的蛇身只須幾個快速扭動，就能從街頭來到街尾，恐怖的大嘴籠罩在村人頭上，口涎從嘴邊淌落。

千鈞一髮之際，淡白光盾展開，擋下了那顆沉重的蛇首。

撞上硬物讓奇美拉生起怒意，它不死心地再猛力一撞，又是「咚」的一聲。

同時高空也傳出了爆裂聲響。

珊瑚幾人第一時間沒反應過來，還以爲是奇美拉在憤怒吼叫，它的吼聲就像是物體爆炸一樣。

「有人放了煙火百合。」還是斯利斐爾最快察覺有異，他冷靜的嗓音宛如清冽流水淌入戰場，也讓珊瑚他們反射性仰頭。

不知不覺被陰雲侵佔的天空看起來灰濛濛的，仿若隨時會承受不住水氣的積累，嘩啦啦地下起大雨，但也讓空中的任何光線閃爍變得特別顯眼。

除了暗金法陣外，大量白色光點在空中拼組出一個大型圖案，即便距離遙遠也能看得一清二楚。

「那個好像腦子喔！」珊瑚不假思索地喊道。

「那個方向……是卡薩布蘭加他們那邊！」桑回立即就從煙火位置做出判斷，心中跟著一沉。

與卡薩布蘭加認識那麼久，他清楚對方不到逼不得已是不會求援的。

這只能說明她那邊……肯定是碰到了棘手的大麻煩！

「伊斯坦先生，這裡交給我們，你趕緊過去吧！」珍珠飛快張開多面光盾，獨留一個不大的缺口，為了脫離禁錮，奇美拉只能從那處逃離。

而珊瑚早就守在一邊，多枚火焰彈蓄勢待發，等奇美拉的腦袋從光盾間隙冒出，便比出射擊姿勢，還自配音效。

隨著「砰砰」的喊聲，火焰彈凶猛地砸上了奇美拉的頭部。見兩名少女合作無間，邊上還有斯利斐爾，桑回點點頭，直接變回幻羊族的原形。

毛色燦爛的矯健金羊猛力一蹬，像道流星一下遠離了珍珠二人，直奔向卡薩布蘭加等人所在的方位。

桑回使出全力狂奔，腦海浮現村子的地圖，迅速規劃出抵達西邊海灘的最短路線。

卡薩布蘭加那邊究竟出了什麼事？

那裡是鮮有人跡的沿海地帶，就連奇美拉也幾乎不會在那出現，而且還有暗夜族一起，照理說應該很安全的……

桑回百思不解，擔憂與焦慮交織在一塊，最終燃成一簇火焰，不停燒灼他的胸口。

越是靠近海邊，天上的陰雲就越濃鬱，深處彷彿盤踞著化不開的黑墨，充滿著風雨欲來前的壓迫。

在桑回的全力奔馳下，原本需幾十分鐘的路程被壓縮得極短。他一個大力跳躍，跨過了前方的石塊，拔高的視野同時納入更多海灘光景。

桑回的瞳孔猛地收縮。

卡薩布蘭加和加爾罕正與五隻奇美拉陷入苦戰。

不知為何卻沒有見到暗夜族人的身影。

桑回沒有停滯地一路前衝，金耀的毛色立刻吸引卡薩布蘭加的目光。她精神一振，連影子裡鑽出的碧綠藤蔓都像受到鼓舞，它們交纏成如猛獰大蛇昂高頭顱的形狀。

桑回像顆凶猛的金色子彈，四蹄踩過遍地礫石，再躍上卡薩布蘭加高昂的綠藤。他的四足霍然施勁，身子竄躍至空中的瞬間又從金羊化為人形。

金棕髮色的男人出手迅若雷霆，筆刀脫出指間齊發，隨著利光沒入奇美拉體內，他也瞧見了奇美拉身上的人臉。

涼意剎那滲透桑回的背脊，他不可能認不出那是這幾日與他們相處的暗夜族人。

桑回敏捷落地，與卡薩布蘭加二人會合，突然竄上喉嚨的癢意讓他摀嘴咳嗽。

熟悉的血腥氣息在舌尖上徘徊，桑回強行嚥下，目光飛速掃過在場的五隻奇美拉。

五具血紅身軀上都有一張暗夜族人的臉。

現場獨獨少了一個人。

「蘿麗塔呢？」桑回的大叫混著海風響起。

卡薩布蘭加和加爾罕反射性看向同一方向，不久前那名披著暗夜族王女皮囊的東西還在那。

但現在，那裡只是一片空蕩蕩。

蘿麗塔不知何時消失了。

✣✣✣

高分貝的獸吼不時在遠處響起，代表有更多奇美拉現身於白房子村的各處。

凱亞拉緊緊抓著翡翠的手，一邊提防被奇美拉發現，一邊拉著人在村內四處奔跑尋找。

凱亞拉強迫自己別去想村人的遭遇，他必須趕緊找到最後一朵花，否則這場無限輪迴的地獄怎樣也不會結束。

只要封閉白房子村的法陣一天不消失，他們就無法逃離這裡，只能任憑奇美拉及幕後黑手將他們視為玩具戲耍、破壞。

是這裡嗎？不，不對，也不像是這裡……到底在哪裡？

凱亞拉呼吸漸顯急促，胸口處的熱度不減反升，恐怖的焰火像要蔓延至四肢百骸。

他不知道自己身上發生了什麼事，一切都是從握住了那名綠髮青年的手開始的。

「凱亞拉？」翡翠注意到凱亞拉的情況有些不對勁，對方腳步虛浮，有好幾次都跟蹌得差點跌倒，緊握自己的那隻手帶著不可思議的高熱。

「也不是這裡……」凱亞拉像沒聽見翡翠的呼喚，他茫然地張望四周，不明白自己怎麼就是無法確切地感應到最後一朵花的位置。

不，也不是無法感應到。

而是像處處都有那朵花的痕跡。

凱亞拉大口喘氣，拉著翡翠又往另一邊跑。越跑越覺得自己頭重腳輕，體內有烈火在焚燒，燒得他眼前泛起了一片赤紅。

下一剎那，驚呼聲拔起。

「凱亞拉！」

要不是翡翠眼疾手快地拽住突然往前傾的凱亞拉，恐怕他就要整個人栽至地面了。

「抱、抱歉……」凱亞拉晃晃頭，像是想擺脫不適感，「我只是不小心有些頭暈，現在沒問題了。」

翡翠相信凱亞拉的說辭而鬆開手，卻沒想到對方的站立只維持了數秒，隨後竟是雙腿一軟，又往地面倒去。

好在翡翠一直有留意凱亞拉的狀況，及時出手撐扶住人。這一次他不敢再隨意放手，把人扶到了路邊，讓對方倚牆而坐。

不知不覺他們跑到了一處空地，這裡沒有村民也沒有奇美拉，但從遠方傳來的獸嚎反而更令人膽顫心驚。

爲了確定凱亞拉的臉色，翡翠將他的兜帽揭下。

凱亞拉瑟縮了下，忍不住抬手想擋臉，似乎是自卑於臉上嚇人的斑紋。

翡翠馬上被凱亞拉的手掌吸引了注意力，他的掌心就像遭受到嚴重灼傷，浮現出猙獰的紅色紋路。

「怎麼回事？你的手！」翡翠記得那隻手先前一路抓著自己不放，他急忙也看向自己的手，上頭除了洗不掉的安古蘭汁液，什麼也沒有，「是安古蘭的關係嗎？難道說你不能碰到……」

「安古蘭……」凱亞拉極力平復急促的呼吸，他望了一眼翡翠手上的深紫色，露出恍然，「原來是安古蘭。我對它過敏，碰到的話皮膚就會變得像現在這樣……別擔心，只是看起來嚇人。」

翡翠不認爲只是看起來，凱亞拉臉都白了，額上一片冷汗，怎麼看都不像沒事。

「所以你才需要我們幫你找花嗎？因爲對安古蘭過敏？」

「不，不是這樣的。」凱亞拉擠出一抹笑，「您誤會了，我確實對安古蘭過敏，但忍一忍還是可以碰觸。會需要您的協助，主要是因爲我沒辦法接近它，似乎有種古怪的力量阻礙，讓我不能靠近安古蘭。」

凱亞拉強忍體內的灼燒感，想再重新站起，「我們得快點……」

「小心！」翡翠這次用另一隻手攙扶，以免加重對方的過敏症狀，「你確定你還可以？」

「我沒事的，謝謝您。」

「接下來我們要往哪走？」

「應該是那邊……不對，是那……」凱亞拉像是要指向左側，可隨後又猶豫地放下。他搖搖頭，陷入了茫然，「抱歉，我沒告訴您實話。最後一朵花，我一直都有感應到它的存在，卻始終沒辦法找出它的正確位置。」

「什麼意思？」翡翠愕然。

「前三朵花，我能明確地知道它們位在何處。可唯獨第四朵……」凱亞拉垂下眼，「不管我走到哪，都能感應到它。就像現在，我也覺得它在這。」

「這裡？」

「我覺得它在這，但我沒辦法……」凱亞拉無助地說。

翡翠沒想到事情會變得如此棘手。照凱亞拉的說法，最後一朵安古蘭簡直是如影隨行地跟著凱亞拉，才會讓他處處都能感受到存在……

翡翠的腳步忽然慢了下來，最後甚至停住不動。

「翡翠？」察覺到身後沒了動靜，凱亞拉不解地回過頭。

翡翠還是站在原地，他的視線從凱亞拉因碰到安古蘭汁液而過敏的手，再移轉至對方的眼睛。

「凱亞拉。」翡翠慢慢地說，「你臉上的痕跡，是天生的嗎？」

凱亞拉不自覺地摸摸臉龐，眼神浮現出一瞬恍惚，「我不知道，我在這裡醒過來時，就一直是這樣了……怎麼了嗎？」

「一直……」翡翠呢喃著這個詞，腦中浮現對方至今表現出的言行舉止。

那些先前沒有太過留意的細節，電光石火間串聯在一塊，拼組出一個令人匪夷所思的猜想，讓他產生了一陣暈眩。

太像了，凱亞拉臉上的斑紋，和自己曾經出現的如此相似。

為什麼到現在才後知後覺地發現？

如果那不是天生就有，如果那也是過敏造成的呢？

凱亞拉曾說過自己有熟悉、讓人安心的氣味。

他以為是妖精香水造成的，才會讓凱亞拉錯把他當成同族的木妖精，因而主動露面、給出安古蘭藏在何處的提示。

但是，妖精香水是昨天傍晚才被卡薩布蘭加噴上，而凱亞拉在更早前就鎖定了他。

無意識使用的敬語，反射性聽從自己的命令……

凱亞拉不是將他當成了妖精。

他會說自己有著熟悉、令人安心的氣味，是因爲……是因爲……

極大的震驚讓翡翠瞬間像失去了發聲能力，他怔怔地看著面前有著一雙尖長耳朵、眼部被猙獰斑紋覆蓋的男人。

是因爲，凱亞拉根本不是妖精。

他和自己一樣，都是精靈。

而過敏是精靈的弱點，那是他們天生且無法克服的缺陷。

凱亞拉對安古蘭過敏。

倘若凱亞拉臉上的斑紋不是天生胎記，而是過敏造成的，那麼一切都解釋得通了。

所以不論他走到哪裡，都能感應到最後一朵安古蘭的存在，卻又始終遍尋不著它。

「凱亞拉，你有想過嗎？」翡翠喉嚨發乾，擠出的字句像尖銳的沙礫磨過他的舌尖，「花……會不會就在你的體內？」

「花……在我的體內？」

在凱亞拉眞正理解這句話的瞬間，盤踞在他心口的灼燙感彷彿化爲實體，要從皮膚底下鑽出來。

凱亞拉踉蹌地跪倒在地，背脊屈起，像張拉滿的弓。

「凱亞拉！」翡翠驚喊。

「您別過來！」凱亞拉喘著氣，雙手抓住自己的衣襟，一把向下拉。他的大腦登時被空白佔據，思考緊跟著停擺。

多條墨綠色的枝蔓從他的心臟位置鑽冒出來，它們飛速往上遊走，爬過他的脖子、下巴，最終在他的臉上開出了花。

一朵安古蘭就在凱亞拉的身上綻放，與他眼周的斑紋形成了駭人又妖異的圖騰。

凱亞拉看不見自己此刻的模樣。

但在這一秒，他終於清晰明確地感受到，最後一朵花就在這裡，與自己共存。

「花！」

童稚的喊聲像道閃雷劈碎了這個空間的凝滯。

翡翠猛地回過頭，他的動作太快，以至於沒發現身後的綠髮男人面露恐懼。

「蘿麗塔？」驚愕染上翡翠的眼，「妳爲什麼會在這裡？」

紫髮銀眸的小女孩不知爲何隻身一人，她雙手掩著嘴，睜大一雙眼睛，看上去弱小又可憐。

「海邊找不到花，我和加爾罕他們過來幫大家，但是不小心走散了。我可以和你待一起嗎？可以的對不對？你不能拒絕蘿麗塔呀。」蘿麗塔小小步地跑向翡翠，金色的蝙蝠翅膀在她身後展開，幾個拍振就將那具嬌小的身子帶離地面。

「快離開……」凱亞拉極力想擺脫恐懼的壓制，可聲音逸出嘴邊，卻像是含糊的呻吟。他猛然咬破嘴唇，尖銳的疼痛讓他的叫喊終於順利衝出，「您快離開她！她就是白色之人！」

翡翠瞳孔猛地一縮，映入眼中的小巧蝠翼在這瞬間驟然脹大，翼尖閃耀著冰冷的輝芒。它們高高揚起，猶如兩把鋒利的鐮刀迅雷不及掩耳地刺下——

但預料中的血腥場面並沒有發生。

「好過分喔。」蘿麗塔垮下可愛的小臉，看著自己的翅尖被兩柄長刀阻擋。只差那麼一點，就能在綠髮青年的身體上捅出個窟窿，「爲什麼會防備蘿麗塔呢？我和翡翠明明認識比較久，那個人才是陌生人吧。不是應該要懷疑陌生人的話嗎？不是應該有所遲疑，然後受了重傷才來後悔嗎？」

「我挺討厭後悔的，這種事還是留給妳自己體會吧！」翡翠抓住空隙，猛地抬腳踹上蘿麗塔的肚子，那具嬌小的身軀登時倒飛出去，撞上地面後還滑行一陣才停下。

「斯利斐爾，蘿麗塔就是主使者！」翡翠在腦中高聲疾呼。

蘿麗塔撐起身子，銀眸瞠得圓圓的，似乎沒想到翡翠會如此粗暴地對待一名孩童。

翡翠凌厲地看著那名如洋娃娃精緻的小女孩，「我相信世上有奇蹟，可奇蹟就是幾乎不會發生才叫作奇蹟。在弄清楚妳是怎麼活過來之前，我一直都抱有懷疑，畢竟我可不是暗夜族，不會無條件地相信妳的說法。」

「原來如此，你可眞是一位謹愼的精靈。」蘿麗塔露出甜甜的笑，「但還是不夠謹愼呢，你應該連另一位精靈也懷疑的呀。」

在翡翠反應過來這句話的意思之前，尖銳的疼痛先一步從他後腰炸開。

翡翠的思緒停擺一瞬，直到他感覺銳物從他體內拔出，痛楚一口氣席捲全身。他反射性按住自己腰間，摸到了一掌心的血腥黏膩。

翡翠看著手上的紅色，再轉身看向後方。

凱亞拉手裡握著一柄染血小刀，但表情看起來卻無比驚恐，眼中滿是絕望，彷彿不明白自己爲什麼會做出這種事。

「同族相殘很好玩的對不對？你喜歡嗎？我很喜歡唷。」蘿麗塔咯咯笑起，眼裡充斥天眞與殘忍，「吾主早在他身上下了暗示，只要有人讓他意識到最後一朵花藏在哪裡，他就會出手攻擊對方。最棒的是，他身上隱藏的法陣也會跟著啓動喔。」

像是呼應蘿麗塔的話，凱亞拉發顫的雙臂上倏地浮現一串串詭異符文。漆黑的紋路一口氣向外延伸，頃刻就將翡翠也包覆於其中。

翡翠要逃已經來不及。

黑影如同罩下的巨大翅膀，直直倒映入他的眼裡，無法躲避。

凌亂的奔跑聲在此時傳來，黑暗卻阻擋了他的視野。

他睜大眼，但什麼也看不見，只能聽見有誰撕心裂肺地大喊，飽含恐懼，還帶著一絲微弱的冀求，幾乎要割裂他的心臟。

「翠翠——」

「翡翠！」

「主人！」

無數的叫喊像大浪拍打過來，又因爲退去而變得模糊遙遠。

只剩下一道細語呢喃如輕風拂來。

「——惠窈。」

翡翠睜大了眼，身子重重一顫，極力朝上探出的手卻什麼也抓不到。

深淵在他身下裂開一張大口，他跌入幽暗，穿過滿天繁星。

直到墜落終於停止。

腳步聲傳來，離他所在之處越來越近，最終在他身邊停住。

他霍地張開眼睛，有道背光人影正彎著身俯視他。

「惠窈，我們什麼時候要回去繁星高中拍照？」

《我，精靈王，缺錢！11》完

# 後記

又到了總是煩惱要寫什麼的後記時間～

有時候都會覺得，後記比寫正文還要令作者頭禿XDD

至於比後記更令人頭大的東西，就是交完稿子不久後，從編輯那邊收到的問題單。

每次收到問題單都是戰戰兢兢，深怕列出的問題有一長排，那就表示我這次的ＢＵＧ特別多……

咳，在寫文的時候常常會沒留意到一些細節，都得靠偉大又辛苦的編輯幫忙把ＢＵＧ找出來。

還好這回「精靈王11」的問題單沒有太驚人，所以就繼續來煩惱後記要跟大家聊什麼了。

首先，我們還是來讚歎夜風大的美圖吧！

這點是絕對不會錯的！

第十一集的封面是私心很愛的兩位公會負責人，桑回和卡薩布蘭加。

他們站在一起的畫面好好看喔，還有大地與森林結合起來的色調。看上去相當清爽，當成桌布非常賞心悅目。

而且這次可以說是桑回的大勝利，從封面、Q圖到特典封面，都由他登上C位。

雖然桑回可能非常不想要上特典，看他那瑟瑟發抖的模樣XD

究竟他爲什麼會怕成這樣，翡翠是不是眞的對他伸出魔掌了？

嘿嘿，特典小冊裡面揭曉～

這邊就不劇透答案，以免破壞了驚喜。

然後要來懺悔一下，在上一集後記裡有提到十一集將會解謎翡翠的更多祕密。

但最初構思的大綱與實際寫文時果然有落差。

只來得及寫到翡翠中了蘿麗塔的暗算，陷入過去世界。

不過十二集就眞的會提到了，還請期待下一集的解謎回合。

三位精靈要爲了救他們最愛的翡翠全力以赴了！

心得感想區QR Code
歡迎大家上來分享唷！

大家拿到書的時候，應該是二〇二三的二月，來跟你們分享一下前半年看的電影。
鄭重跟大家推薦《子彈列車》，眞的非常非常好看。
電影的音樂跟節奏，還有帥到爆炸的眞田廣之，以及處處充滿的黑色幽默感。
如果有機會，請務必看看！
最後，新的一年，希望大家也都順順利利、健健康康！
我們下一集再見了～

醉琉璃

feeds, and save the world!

# 我，精靈王，缺錢！

**【下集預告】**

翡翠深陷過去，無法甦醒。
三精靈們決定闖入他的記憶喚醒對方。
在陌生的領域中，一切令人訝異又惹人疑惑，
但他們說什麼都要找回最重要的那個人。

災難之影無聲逼近，殺機早已近在身邊。
再次失去主心骨的繁星冒險團，該如何奮起面對？

## *〈所以我插翅飛出修羅場〉*

**2023年春，敬請期待！**

國家圖書館出版品預行編目資料

我，精靈王，缺錢！/ 醉琉璃 著.
——初版. ——台北市：魔豆文化出版：蓋亞文化發行，2023.02
冊； 公分.（Fresh；FS201）
ISBN 978-626-96918-0-7（第11冊：平裝）
863.57 111019932

fresh FS201

# 我，精靈王，缺錢！ 11

作　　者　醉琉璃
插　　畫　夜風
封面設計　莊謹銘
助理編輯　林珮緹
總 編 輯　黃致雲
發 行 人　陳常智
出 版 社　魔豆文化有限公司
發　　行　蓋亞文化有限公司
地址：台北市103承德路二段75巷35號1樓
電話：02-2558-5438　傳真：02-2558-5439
電子信箱：gaea@gaeabooks.com.tw
投稿信箱：editor@gaeabooks.com.tw
郵撥帳號 19769541　戶名：蓋亞文化有限公司
法律顧問　宇達經貿法律事務所
總 經 銷　聯合發行股份有限公司
地址：新北市新店區寶橋路二三五巷六弄六號二樓
電話：02-2917-8022　傳真：02-2915-6275
港澳地區　一代匯集
地址：九龍旺角塘尾道64號龍駒企業大廈10樓B&D室
電話：+852-2783-8102　傳真：+852-2396-0050
初版一刷　2023年 02月
定　　價　新台幣 250 元
Published and printed in Taiwan

ISBN 978-626-96918-0-7

魔豆

魔豆